JN246574

NHKオトナヘノベル

家族コンプレックス

NHK「オトナヘノベル」制作班 編

金の星社

NHKオトナヘノベル
家族コンプレックス

本書は、ＮＨＫ Ｅテレの番組「オトナヘノベル」で放送されたドラマのもとになった小説を、再編集したものです。

番組では、おもに十代の若者が悩んだり困ったり、不安に思ったりすることをテーマとして取り上げ、それに答えるような展開のドラマを制作しています。人が何かに悩んだとき、それを親にも友だちにも、また学校の先生にも相談しにくいことがあります。そんな悩み事を取り上げて一緒に考え、解決にみちびく手がかりを見つけだそうとするのが「オトナヘノベル」です。

取り上げるテーマは、男女の恋愛や友人関係、家族の問題、ネット上のトラブルなどさまざまです。この本では、「**家族にかかわるコンプレックス**」をテーマとした作品を集めました。いずれもＮＨＫに寄せられた体験談や、取材で集めた十代の声がもとになっているので、視聴者のリアルな体験が反映されています。

もくじ

家庭教師コウの事件簿Ⅰ　彼氏がマザコン!?　長江優子 …… 5

［解説］臨床心理士　鈴木晶子 …… 75

家庭教師コウの事件簿Ⅱ　親の敷いたレール　長江優子 …… 77

［解説］臨床心理士　鈴木晶子 …… 145

いちばん近くて遠い空　～わたしと兄～　みうらかれん …… 147

［解説］東京学芸大学教育学部准教授　松尾直博 …… 204

著者紹介 …… 4

あとがき …… 206

著者紹介

長江 優子（ながえ ゆうこ）

東京都生まれ。武蔵野美術大学卒業。構成作家、児童文学作家。『タイドプール』で第47回講談社児童文学新人賞佳作を受賞。ほかに『ハンナの記憶 I may forgive you』『木曜日は曲がりくねった先にある』『ハングリーゴーストとぼくらの夏』『百年後、ぼくらはここにいないけど』（いずれも講談社）などの著書がある。

みうら かれん

兵庫県生まれ。大阪芸術大学文芸学科卒業。『夜明けの落語』で第52回講談社児童文学新人賞佳作を受賞。ほかに『なんちゃってヒーロー』『おなやみ相談部』（いずれも講談社）などの著書がある。

家庭教師コウの事件簿（じけんぼ）I

彼氏（かれし）がマザコン!?

長江優子

1 ボーダーライン

夏休み初日。

これから家庭教師がやってくる。

なんでかというと、この前の期末テストで数学が赤点のボーダーラインすれすれだったから。

このままじゃマズいと思ってお母さんに相談したら、

「琴美（ことみ）はマイペースだから、塾（じゅく）より家庭教師のほうが合ってるんじゃない？」

ということで、トントン拍子（ひょうし）に話が決まった。

「あ〜、早く来ないかなぁ」

机（つくえ）につっぷしてため息をついた。朝から何度目だろう。

今、わたしが待っているのは家庭教師。ではなくて、同級生からのメッセージだ。

待ち人の名前は安西瑠生。五月におこなわれた体育祭の実行委員を一緒にやるまで、存在すら知らなかった男の子だ。

そんな瑠生のことが気になりだしたのは、同じ実行委員のメンバーだった穂香のひと言、「あいつ、ゼッタイ琴美に気があるよ」だった。

思い返せばミーティングのとき、瑠生はいつもわたしのそばにいた。わからないことがあると、わたしにたずねてきたし、進んで手伝ってもくれた。

だから穂香からの指摘に悪い気はしなかった。というか、かなりうれしかった。

わたしは穂香とちがってモテ系じゃない。身長は百七十二センチと高すぎるし、なぜか「しっかりしてるね」とよく言われる。

本当はぜんぜんそんなことないのに。

もう高二だし、わたしもだれかとつきあってみたい……。

そんなわたしのもとに突然、恋の予感が舞いおりた。

体育祭が終わったあとも、瑠生と廊下で軽くおしゃべりしたり、*ＳＮＳでメッセージのやりとりをしたりした。

でもそれだけ。進展も後退もないまま、時間だけがすぎていった。

そして昨日、たまたま瑠生と帰りの電車が一緒になった。

楽しくしゃべっていたら、ふっと会話が途切れた。

瑠生と目が合った。わたしの視線と同じ高さの、おだやかな目。

あわてて上を向いたら、動物園の中づり広告が目に入った。

「あ、カピバラだ。かわいい～。カピバラって、温泉好きなんだよね。でも、夏のあいだはどうしてるんだろう。あさって動物園に行っちゃおうかな」

「ボクも行きたいな」

「……えっ？」


ＳＮＳ……メッセージのやりとりや、写真の投稿・共有などができる、コミュニティ型のインターネットサービス。

「連絡するよ」

開いたドアの向こうへ瑠生が消えていくのを、わたしはぼんやりと見つめた。

連絡するよ——。

あの言葉がずっと耳の奥でひびいている。

瑠生は本当にわたしと動物園に行きたいのかな。

それとも、あの場のノリでつぶやいただけ?

どっちなんだろう。数学の成績と同じように、瑠生の気持ちもボーダーライン上にあるみたいだ。

「あ~、早く来ないかなぁ」

さっきからずっと胸のあたりがかゆい。気持ちがそわそわして、イスからお尻が三ミリくらいういている感じ。

「そうだ、この思いをブログに書いておこっと。最近、サボリぎみだったし」

そうつぶやいてスマホに手をのばしかけたとき、インターホンが鳴った。お母さんのやけに明るい声が二階までとどいた。

「琴美(ことみ)、琴美(ことみ)！　先生がいらしたわよ！」

二回も呼(よ)ばなくても聞こえてるし。

わたしはため息をついて、机(つくえ)の引きだしにスマホをしまった。

「はじめまして、吹雪(ふぶき)コウです」

部屋に入ってきた家庭教師を見て、一瞬(いっしゅん)、「おっ？」となった。

長身で、かなりのイケメン。ほほえんだ口もとから犬歯が見える。年は大学生よりちょっと上くらいかな。

でも、斜(なな)めがけの布バッグに、ネコのぬいぐるみを入れてるのはどうなんだろう。

……と思ったら、キャラメル色の耳がピクンと動いた。

「そのネコ、まさか本物?」

「うん。フェルマーっていうんだ」

え~っ、なんでネコなんかつれてくるの!?

「ちょ、ちょっと先生。わたしがネコ嫌いとか、ネコアレルギーとかだったら、どうするんですか!」

「大丈夫。オレはネコ嫌いアレルギーだから、そういう家には近づかない。それにネコを家に上げてもいいか、事前にお母さんに確認してるし」

そういえばこの前、お母さんから「ネコは好き?」って聞かれた。「うん」とこたえたけど、アレがコレにつながってるのかな。

コウ先生はネコを抱き上げると、わたしの隣に用意したイスにすわった。先生のひざの上で体をまるめたネコはわたしをちらっと見て、興味なさげに目を閉じた。他人の家に慣れているみたい。

「なんでこの子をつれてきたか教えてあげようか」

「えっ？　あ、はい」

「うちにはネコが八匹いるけど、数学嫌いな子がフェルマーをなでると、なぜか数式がパッと思いうかぶようになるんだ。物理嫌いの子がアインシュタインという名前のネコをなでると、同じような現象がおこる」

「え～、ウソだぁ」

「ウソだよ。さあ、始めよう。数学のノートを見せて」

なに、この人!?　へんな家庭教師。


勉強中もわたしの頭の中は瑠生のことでいっぱいだった。

（連絡、来るかな。来ないのかな）

瑠生は本当にわたしに気があるの？

それとも穂香の言葉にのせられた、わたしの思いこみ？

ねえ、いったいどっちなの？

そのとき――。

スマホの着信音とともに、ノートの下から振動が伝わってきた。

「あっ」

机の引きだしを開けてスマホを取りだすと、コウ先生に背を向けて着信をチェックした。

〈カピバラ、見にいかない？〉

瑠生からのメッセージだった。

ボーダーラインから一気に安全圏へ。宇宙のはてまで飛んでいってしまいそう。

「……ちゃん、琴美ちゃん……」

「あっ、はいっ」

「今、やったところ、わかった?」

「はいっ、もうバッチリです! aの三乗マイナスbの二乗だから……」

明日は瑠生(るい)とデートだ。

フェルマーがわたしをひやかすように「ミャ〜ゥ」と鳴いた。

2 はじめてのデート

キリッとした青空の日曜日。

待ちあわせ時間から五分遅れで動物園の正門に着くと、瑠生が先に待っていた。

「ごめん、待たせちゃった？」

「ううん、さっき来たところ。チケット買っておいたよ」

「ありがとう」

園内は家族づれでいっぱいだった。パンダ舎の前には長い列ができている。

瑠生がわたしの視線に気づいて振り向いた。わたしは前髪を引っぱりながら笑顔で言った。

「なんか、制服以外のかっこう見るの、はじめてだなと思って……」

今日の瑠生のファッションは、赤と白のチェックの半袖シャツに、カーキ色のハーフパンツ。カジュアルだけど全体的にピシッとした印象を受けるのは、シャツの胸ポケットについた有名ブランドのマークや、ハーフパンツのアイロンの折り目のせいかもしれない。

「ああ。これ、お母さんが選んでくれたんだ。カピバラ、ずっと向こうのほうだから、先にゾウとライオンを見てからにしよう」

「うん」

瑠生はゾウ舎からライオン舎へ、さらにモノレールで渡った先のカピバラ舎までスムーズに案内してくれた。

「ここの動物園、くわしいんだね」

「うん。小さいころ、お母さんとよく来たから」

カピバラ舎はヤギやヒツジと同じエリアにあった。柵の向こうでカピバラが三頭、水がちょろちょろ流れるプールに首までつかっている。

「あはっ、気持ちよさそう。カピバラって、温泉というか、水が好きなんだね」

「でも、雨はニガテらしいよ」

「ふぅん。本当かなぁ」

「写真、撮ってもいい？」

「えっ？」

「カピバラと一緒に撮ってあげるよ」

瑠生がスマホをかまえた。わたしはドキドキしながら柵にもたれかかって、カピバラが写るように体を近づけた。

「撮った写真、今、そっちに送ったから」

瑠生がそう言った直後に、わたしのスマホの着信音が鳴った。

きょとんとしたカピバラたちを背景に、ピースをしているわたし。

緊張のせいで表情がちょっとかたいけど、写りは悪くない。

「安西君、ありがとう」

「瑠生でいいよ」

「あ、うん……」

「あ~なんか腹へってきた」

「じゃあ、瑠生。ごはんにしよっ」

池のそばのベンチでお弁当を広げた。おにぎり、卵焼き、唐揚げ、エビフライ、マカロニサラダ。デザートのバナナケーキまで、全部わたしの手づくりだ。

唐揚げは、しょうゆをベースに複数の調味料をまぜあわせてつくった特製ダレに、ひと晩つけおきした鶏肉を二度揚げしてつくった。卵焼きは、白身と黄身を別立てにして、スポンジケーキみたいにフワフワに仕上げた。

待ち合わせに遅刻したのは、時間ギリギリまでお弁当に手をかけていたからだった。

「うわあ～。写真、撮ってもいい？」

「もちろんっ」

瑠生は「すげ～すげ～」と連発しながら、スマホでお弁当を撮りまくった。照れくさいけど、うれしい。がんばってつくった甲斐があった。

「いただきま……。あっ、そうだ。ウェットティッシュある？」

「うん」

わたしがウェットティッシュを差し出すと、瑠生はしげしげとそれを見た。

「これ、除菌って書いてないけど、大丈夫かな」

「えっ？」

「外ではかならず除菌しなさいって、お母さんに言われてるんだよね」

「これでも平気だと思うよ」

「う～ん」

わたしがウェットティッシュで手をふいていると、瑠生は「ちょっと待ってて」とトイレに向かって走っていった。

ハンカチで手をふきながらもどってくると、

「お待たせ！　それじゃあ、いただきまーす。……んんっ、うまいっ！」

瑠生の目がかがやいた。と思ったら、急にまじめな顔になって、

「この唐揚げ、おいしいんだけど、なんかドチャッとしてない？」

「ドチャッ？」

「うちのお母さんの唐揚げは、もっとあっさりした味つけなんだよね。それから、エビフライには、ソースじゃなくてしょうゆだよ」

「え～、そうかなぁ。レモンとかタルタルソースならわかるけど、しょうゆってどうなんだろう」

わたしが笑ったら、瑠生は真顔で「でも、ボクのお母さんのはしょうゆだから」と

言った。

「じゃあ、今度はしょうゆを入れてくるね」

「うん」

唐揚(からあ)げにつづいて瑠生(るい)が手をのばしたのは、おにぎりだった。上品に両手で持っておにぎりにかぶりつくと、あごをゆっくりと左右に動かし始めた。

モグ、モグ、モグ、モグ……。いつまでたっても飲みこむ気配がない。なんだかヒツジみたいだ。瑠生(るい)が食べ終わらないうちに、わたしはふたつ目のおにぎりに手をつけていた。

「瑠生(るい)って、食べるのが遅(おそ)いんだね」

「お母さんに三十回はかむように言われてるから。よくかむと、脳(のう)にもいいんだって」

「ふーん」

なんだろう、この違和感(いわかん)。

言ってることは正しいかもしれないけど、そんなにちゃんと守らなくても……。

そう思いながら、わたしは三つ目のおにぎりに手をのばした。


別れぎわ、駅のプラットホームで瑠生に告白された。

「琴美のこと、ずっと前から好きだったんだ。つきあってくれないかな」

夕日を背負った瑠生が、すんだ目でわたしを見つめている。

「うんっ。よろしく」

ずっと待ちのぞんでいた言葉が、さっきの違和感を一瞬でふきとばした。

3 もしかしてマザコン!?

「今日はフェルマー、つれてこなかったんですか」

家庭教師の日。

コウ先生の布バッグに、キャラメル色のネコの姿（すがた）はなかった。

そのかわりに問題集とぶあつい小説がどっさり。これならネコのほうがずっとよかった。

「応用問題が解けない理由の大半は、基礎（きそ）がしっかりしてないからだよ。これ、中学の数学の問題集。毎日三十ページずつやってごらん。それから小説を読んで読解力をつけること」

「え〜、そんなぁ。やること多すぎますよ！　学校の宿題だっていっぱいあるのに」

「琴美(ことみ)ならゼッタイできる。……と、フェルマーが言ってた」

「なにそれ？　なんでもかんでも、ネコを持ちださないでくださいっ」

コウ先生をにらむと、先生は机(つくえ)にひじをのせてこちらを見つめ返した。灰色(はいいろ)がかった大きな瞳(ひとみ)がうるうるしている。

「な、なに、そのアンニュイな表情は!?」

「琴美(ことみ)ちゃんががんばってくれないと、ネコのエサ代がもらえない」

「……わかりましたよ。やればいいんでしょ、やれば。じゃあ、あさってからがんばります」

「なぜゆえに、あさって？」

「明日、わたしの誕生日(たんじょうび)なんです。それでカレシと……」

「ああ、そういうことか。いいねえ。どこでデート？」

「わかんない。瑠生(るい)……あ、カレシが『ヒミツ』って言ってたから」

「それは楽しみだね。まっ、とにかくデートと同じく、数学も順調に進むようにがんばろう。六十八ページを開いて」

「はーい」

順調かぁ……。う～ん、どうかなぁ。


瑠生とつきあい始めて一週間がたった。

そのあいだに会ったのは二回。連絡は毎日数回、ＳＮＳでしている。

瑠生のことがどんどん好きになっていく一方で、はじめてのデートのときに覚えた違和感も、だんだんと大きくなっていった。

会話中、瑠生は何かと「お母さん」と言う。

「これから映画、見にいこう」と電話したら、「じゃあ、お母さんに聞いてみるね」。

「そのシャツいいね！」と言ったら、「でしょ。お母さんが選んでくれたんだ」。

カフェでパンケーキを注文したときには、「これ、写真に撮ってお母さんに見せてあげよう」。

そうそう、あのときもそうだった。

気に入ったサマーニット帽を鏡の前でかぶってみせたら、

「う～ん、ちょっとどうかなぁ。お母さんに聞いてみようか」

これには、さすがにムッときた。

「瑠生のお母さんって、そんなにセンスいいんだ？」

わたしがいやみを言ったら、瑠生は平然とこたえた。

「そうだよ。ボクのお母さん、センスいいから、服を買いにいくときは、いつもついてきてもらうんだ。お母さんにたのめば、何かと安心だからね」

「ふぅん。お母さんと超なかよしなんだね」

「まあ、そうだね。ボクとお母さんは、切っても切れない鋼のヘソの緒で結ばれてるから」

このことを穂香に話したら、電話口でブッとふきだされた。

「ハガネのヘソのオォ!? なにそれ、バッカみたい。ただのマザコン男じゃん」

「やっぱり、そう思う?」

「うん、ゼッタイそうだよ。まさか瑠生がマザコンだったとはねぇ。琴美、さっさと別れたほうがいいよ」

穂香は見た目はかわいいけど、口が悪い。「マジきもっ!」とか、「マザコンが彼女つくろうなんて、ずうずうしいんだよ。あ~ウザッ」とか、悪口を聞いているうちに、瑠生がかわいそうになってきた。

「でもね、瑠生んちのお父さんとお母さんって、うまくいってないんだって。それで、お母さんに気をつかってるみたい」

「ふーん」

「瑠生はマザコンっていうか、お母さん思いなんだよ」

そう、瑠生はお母さん思いなの――。

わたしは自分に暗示をかけるように心の中でつぶやいた。

明日はわたしの十七回目の誕生日。瑠生と思いっきり楽しい時間をすごしたい。でも、大丈夫かな。

つかみどころのない不安が、晴れやかな気分を雨雲のようにおおった。

勉強が終わったあと、コウ先生が玄関先で小さな紙をくれた。

「これ、オレからのバースデープレゼント」

それは名刺だった。草色の紙に青い文字で「ネコカフェ・ブリザード」とある。

「ネコカフェ?」

ブリザードは確か「吹雪」という意味だったはず。先生の名字も「吹雪」ということは……。

「これって先生のお店ですか」

「うん、そうだよ。数学でも、心の悩(なや)みでも、解けない問題があったら、いつでもここにおいで」

4 誕生日デート

待ちに待った誕生日デートの日。

わたしは、お母さんからもらったシルバーのペンダントを胸につけた。ふだんはぺタンコ靴ばかりはいてるけど、今日は特別。黒のミニワンピに合わせて、かかとの高い黒のサンダルを選んだ。

午後一時六分。

真夏の日差しをあびてキラキラ光る噴水のそばでスマホをながめていたら、瑠生がやってきた。

「琴美、誕生日おめでとう！　はい、プレゼント」

瑠生は後ろ手を前にして、大きな丸い箱をわたしに差し出した。

「開けてみて。琴美ならゼッタイ気に入るから」

「ホント？　やった～！」

わたしはワクワクしながらリボンをほどいた。箱を開けた瞬間……。

（ゲッ、なにこれ!?）

それはピンク色の麦わら帽子だった。帽子に巻きつけてある太いリボンには、ウサギの刺しゅうがついてる。すごく子どもっぽい絵柄だ。

「どう？　気に入った？」

「なんか……とても……かわいいね」

苦しまぎれにこたえたら、瑠生は「でしょっ！」とうれしそうに言った。

「前に琴美がほしがってたサマーニット帽、あれにしようかと思ったんだけど、お母さんが地味だって言うから、こっちにしたんだ。気に入ってもらえてよかったよ」

あのねえ……。

（ぜんぜん気に入ってないし！）

瑠生はわたしの頭にボムッと麦わら帽子をかぶせると、自信たっぷりにうなずいた。

「うん、すごく似合ってる。今日はつれていきたいところがいっぱいあるんだ。さあ、行こう」

あっ。

瑠生がわたしの手をにぎった。とても自然な動作だった。

無邪気な瑠生。お母さん思いの瑠生。

そして、わたしの頭上には、ウサギの刺しゅうの麦わら帽子……。

なんだかなぁ、と思いつつも、わたしは瑠生に引っぱられるまま歩きだした。

わたしたちはショッピングモールの中にあるシネコンで映画を観た。

瑠生が選んだのは、恋愛系でも、アクション系でもなく、カタツムリの一生をカメラにおさめたドキュメンタリー映画だった。

途中で三回寝た。

そのあと、ヤギがいるカフェに行った。めずらしいお店だけど、わざわざ電車を乗りついで行くほどのところでも……という感じ。

「よくこんなお店、知ってたね」

「まあね。琴美は動物好きだってお母さんに言ったら、ネットでいろいろ調べてくれたんだ」

「お母さんが?」

「うん。それに、さっきの映画もネットの批評だけじゃわからないからって、昨日、お母さんがわざわざ下見にいって、内容をチェックしてくれたんだ」

「………」

「うちのお母さんって、何かたのむと、とことんやるタイプなんだよね。でも、お母さんがデートコースの相談に乗ってくれたおかげで、マジ助かったよ。やっぱボクのお母さんは……」

「ねえ、瑠生」

「んっ？」

「わたしのこと、好き？」

「うん、好きだよ」

「本当に好きなら、そんなことしないよ」

「えっ」

「本当に好きなら、お母さんじゃなくて、瑠生が……」

スマホに視線を落とした瑠生が声をあげた。

「やばっ、レストランの予約時間がすぎてる。いそごう！」

「ええっ!?」

わたしたちはあわててレジに向かった。

誕生日ディナーは、ホテルの中のフレンチレストランだった。

豪華なシャンデリア。高価そうな油絵。ふかふかのじゅうたん。

どうせこの店も、瑠生のお母さんが選んだのだろう。

(高校生なんだから、ファミレスで十分なのに)

えんび服姿のスタッフがやってきた。

すまし顔でわたしの足もとから頭へ向かって視線を走らせる。場ちがいと思われている気がして(実際そうなんだけど)、わたしはうつむいた。

「三名でご予約の安西様ですね。中でお待ちになっておられます」

(えっ、三名?)

スタッフにくっついて奥へ進んでいくと、ショートカットの女の人がすわっているテーブルに案内された。

「こちらでございます」

だれこの人？……と思ったら、瑠生が「お母さん、待たせちゃってゴメン」と女の人にハグした。

（お、お母さん!?）

白いテーブルクロスの向こうで、女の人がニッコリほほえんだ。

「ごきげんよう。アタクシ、瑠生の母でございます」

5 彼氏のお母さん

え〜っ、どうして瑠生のお母さんがここに!?

クラシック音楽が流れる優雅な雰囲気のフレンチレストランで、わたしは立ちすくんだ。

瑠生がニコニコしながら言う。

「今日は琴美の誕生日だから、みんなでお祝いしようと思って。なんつーか、その、サプライズパーティーみたいな？　琴美のこと、早くお母さんに紹介したかったんだ」

なにがサプライズだよ！　と、瑠生の頭をどつきたくなった。

でも、瑠生のお母さんがいるから、ここはガマンガマン。

えんび服姿のスタッフが引いたイスに、わたしは重たい気分と一緒に腰を下ろした。

瑠生のお母さんが「映画はどうだった？」とたずねてきたので、わたしは「とてもおもしろかったです」とこたえた。

ぜんぜんおもしろくなかったです。……なんて、言えるわけがない。

わたしがつくり笑いをうかべると、瑠生のお母さんは満足そうにうなずいた。

ピンク色のツーピースに、胸には大きな花のコサージュ。パーマをかけた短い栗色の髪には、服と同じ生地のリボン。センス悪い。

「その帽子、琴美ちゃんにお似合いよ。でも、お店の中ではとったほうがいいわね」

「あっ、ごめんなさい」

わたしはあわてて麦わら帽子をひざの上にのせた。あらためて見ると、やっぱりダサイ。こんなのが似合うと言われても、うれしくない。屈辱的な気分だ。

瑠生のお母さんは品定めするようにわたしをジロジロ見つめながら、

「今日のお洋服、ちょっと大人っぽすぎやしないかしら？　そういえば、あなたがほしがっていたサマーニット帽も黒だったわよね。背のびしたい気持ちはわかるけど、黒なら大人になってから、いくらでも着られるのよ。あなたには明るい色のほうがゼッタイ似合うから、これからはそうしてね」

「……はい」

「それから靴」

瑠生のお母さんがいきなりテーブルクロスの裾をめくり上げて、わたしの足もとをのぞきこんだ。

「あなた、背が高いんだから、そんなかかとの高い靴をはいてはダメよ。背の高い女の子とならんで歩く男の子の気持ちを考えてあげないと。ねえ?」

瑠生のお母さんが横に視線を流した。瑠生は肩をすくめて小さくうなずいた。

「思いやりのあるあなたのことだから、わかるわよね」

「……はい」

料理が運ばれてきた。

瑠生とお母さんがフォークとナイフをカチャカチャ動かして食べるようすを、わたしはぼんやりと見つめていた。

「琴美も早く食べなよ」

「うん。あんまり食欲なくて……」

というか、胃がキリキリする。喉がかわいて、さっきから水ばかり飲んでいる。

「そういえば、琴美ちゃんはお料理が得意なんですってね」

「あ、はい。得意かどうかわからないですけど、つくるのは好きです」

「あなたがつくったお弁当の写真、瑠生から見せてもらったけど、盛りつけがとってもおじょうずね」

「ありがとうございます」

「でもね、料理は見た目より味よ。最近の若い人たちは、調味料をゴチャゴチャ使って、奥深い味わいだなんて、したり顔で言ったりするけど、やっぱりシンプルがいちばん！　唐揚げの下味は塩とコショウで十分だし、エビフライはソースより、しょうゆであっさりいただくほうがおいしいわ。それから卵焼きは、スポンジケーキみたいにかみごたえのないのは失格。卵焼きならではの弾力ってものがあるんだから、基本をしっかりおさえないと。ねぇ、瑠生君？」

「うん。今度うちに来て、お母さんに料理を習いなよ。メッチャうまいぜ」

なに、こいつ？

なんでわたしが瑠生のお母さんに料理を習わなきゃいけないの？

わたしがつくったお弁当をおいしそうに食べてたのは、どこのどいつよ？

テーブルの下で、わたしは雑巾をしぼるように麦わら帽子をねじり上げた。

その後も悪夢の食事タイムは続いた。

瑠生のお母さんはデートの場所から食事のメニューまで、何もかも知っていた。

ＳＮＳでの瑠生との会話も、すべてつつ抜けだった。

そのとき突然、店内の照明が暗くなった。

スタッフが小さなバースデーケーキを運んできた。ケーキの上にはチョコレートで「HAPPY BIRTHDAY KOTOMI」の文字。

「ハッピーバースデ～トゥ～ユ～、ハッピーバースデ～トゥ～ユ～♪」

瑠生とお母さんが、誕生日の歌をハモった。二人とも、ひどいオンチだ。

「ハッピーバースデ～ディア琴美～、ハッピーバースデ～トゥ～ユ～♪」

「琴美、おめでとう！」

「前の子はぜんぜんダメだったけど、あなたなら瑠生にふさわしいガールフレンドになれるわ。これからもがんばってね」

瑠生のお母さんのひと言で、こめかみの血管がブチンッと切れた。

（もう許せない!!）

わたしはロウソクの火を鼻息でブフォーッとふきけした。あまりの勢いに生クリームが皿の外まで飛び散った。

帰宅後、わたしはブログに怒りをぶちまけた。

《ふざけんな！　このマザコン野郎～っ！》

6 燃えるブログ

前の子はぜんぜんダメだったけど、あなたなら瑠生にふさわしいガールフレンドになれるわ――。


目が覚めたとたん、昨日の瑠生のお母さんの言葉を思い出して怒りが再燃した。

そこに瑠生からの電話。

「あ、琴美。起きてた？」

「……起きてるけど」

「昨日はどうだった？」

「どう、って……。なんでお母さんを呼んだの？」

「えっ、まずかった?」

「まずいよ! まずいに決まってるじゃん! だって、わたしの誕生日だよ!」

「でも、お母さんが……」

「お母さん、お母さんって、瑠生ってホント、マザコンだね」

「マザコン? えっ、ボクが、えっ、えっ?」

「そうだよ、瑠生はお母さんがいないと誕生日プレゼントも選べないし、デートの予定だって決められないんでしょ」

「いや、でも、お母さんが……」

「もういいっ!」

まったく、こいつは根っからのマザコン野郎なんだから!

わたしはスマホを切ると、ソッコーで穂香に電話した。でも、つながらない。

「この怒り、ブログで発散するしかないっ!」

ブログを開いたら、昨日の記事にコメントが十八件も届いていた。

ふだんはゼロ件だし、届いてもせいぜい一、二件なのに。

「全国の女の子たちからの熱い応援メッセージだったりして」

ニヤニヤしながら画面をスクロールした瞬間、ほおの筋肉がかたまった。

——彼氏を見くだすなんて最低
——育ちが悪すぎる
——バカ女！
——ブスのくせに生意気
——おまえなんか地獄に落ちろ

「やだ……なにこれ？」

コメント欄はわたしへの悪口でいっぱいだった。
真っ黒な憎悪のかたまり。煮えたぎる怒りの渦。
ブログを書く気力が、一瞬にしてうせた。
翌朝、ブログをチェックしたら、さらに新しい悪口が書きこまれていた。

――ヒツジの皮をかぶったオオカミ女！
――うそつき！
――学校にバラすぞ
――将来、ろくな女にならない
――頭がからっぽ
――悪女！　醜女！　バカ女！

ひどい。ひどすぎる。いったいだれがこんなことを書きこんだの？

胸がつぶれる思いで画面をスクロールした。

憎悪の言葉が滝のように流れていく中、あるコメントで手が止まった。


――おまえは赤の他人。母親と息子は鋼のヘソの緒で結ばれている

「ハガネのヘソのオ？」

ふっと、瑠生とのデートでの会話を思い出した。

（ボクとお母さんは、切っても切れない鋼のヘソの緒で結ばれてるから）

あのとき、確かに瑠生はそう言った。

「じゃあ、これを書きこんだのは、瑠生のお母さん？」

そうだ。きっとそうに決まっている。

でも、どうしたらいいの。こんなこと、親には言えないし。

「あっ、これ……」

棚の上に置いた草色の小さな紙に、ふと目がとまった。

この前、コウ先生からもらったお店の名刺だ。

「先生、助けてくれるかな」

わたしは目を閉じて深呼吸した。

そうして名刺に書かれた電話番号を確認しながら、スマホの画面をタッチした。

7 ネコカフェ・ブリザード

「琴美（ことみ）！」

炎天下（えんてんか）の公園に、瑠生（るい）が息を切らしながらやってきた。

「ごめんね、瑠生（るい）。突然（とつぜん）、呼（よ）びだして」

「ぜんぜん平気。さっきまでお母さんとランチしてたんだけど、そのあとお母さんは美容院に行っちゃったんだ」

瑠生（るい）がわたしの横にすわりながら、「で、用事ってなに？」とたずねた。

「見てほしいものがあるの」

わたしはスマホを瑠生（るい）のほうに向けた。

「これ、わたしのブログなんだけど、昨日からへんなコメントがたくさん書きこまれてるんだ」

「えっ、マジ？　つーか琴美って、ブログやってたの？」

「うん」

スマホを見つめる瑠生の表情が険しくなった。

「うわぁ、ひどいな。どうせヒマなヤツが書きこんだんだろうけど、それにしてもやりすぎだよ」

「でしょう？」

「いったいだれだよ、こんなの書いたのは」

「瑠生のお母さんだと思う」

「まさかぁ。へんな冗談を言うなよ。うちのお母さんがこんな書きこみするわけないだろ」

「ここを見て」

あのコメントを見せると、瑠生は「鋼のヘソの緒……」と言ったきり、黙った。

「前に言ってたよね。『ボクとお母さんは、切っても切れない鋼のヘソの緒で結ばれてるから』って」

「ウソだ……ゼッタイにウソだ……。お母さんが……そんな……」

今にも泣きそうな顔でスマホを見つめている瑠生に、わたしは言った。

「これから一緒に来てほしいところがあるの」


住宅街のはずれにある木造の小さな家。テラスに咲きみだれた白い花の花びらが風に吹かれて、雪のように店の看板や窓ガラスを打ちつけている。

コウ先生のお店〈ネコカフェ・ブリザード〉は、吹雪から身を守る山小屋のようなたたずまいだった。

「こんにちは」

真鍮のドアノブを押すと、キャラメル色のネコが近づいてきた。長いしっぽをわたしの足首にからませる。

「フェルマー、ひさしぶりだね」

わたしがネコにあいさつしていたら、カウンターの向こうからコウ先生が顔を出した。

「いらっしゃい。よく来たね」

ソファーに二匹。階段に三匹、天井からつるしたカゴに一匹……。

店内のあちこちでくつろいでいるネコたちが、わたしと瑠生をじっと見つめている。

「全部で八匹だよ」

コウ先生がアイスティーをテーブルに置いた。グラスのふちにミントの葉がそえられている。

「ごく普通のカフェを開く予定だったんだ。ところが、この家を借りたときに、もれなくネコがついてきてね。どうも前に住んでいた人が飼っていたらしく、ネコたちが家主のような顔をして玄関先にいたんだよ」

「それでネコカフェを?」

「まあ、そういうこと」

瑠生の足もとに小さな黒猫がやってきた。

「ほお。きみは世界史が得意だね」

コウ先生が瑠生に言った。

「えっ、はい。……なんで?」

「こいつはナポレオン。世界史好きの人になつくんだ」

そう言って、抱き上げた黒猫の頭をなでるコウ先生を、わたしは上目づかいでにらんだ。

「うそ。わたし、数学嫌いなのに、ドアを開けたら真っ先にフェルマーがすりよってきたもん」

「それは琴美ちゃんが、いつか数学好きになると確信したからだよ」

「ハァ〜。まったく先生はいつもテキトーなことばっかり」

「先生?」

瑠生が首をかしげた。

「うん。じつはね、コウ先生はわたしの家庭教師なんだ」

先生が続けて言う。

「店の売り上げだけじゃキツいから、ネコのエサ代を稼ぐために家庭教師のバイトをしてるんだ」

「ふーん」

「瑠生、それでね……」

わたしはスマホをテーブルの上に置いた。画面にはブログのコメントが見える。

「これのこと、先生に相談したの。それから、これまでのことも」

「えっ」

コウ先生がわたしたちの向かいにすわりながら瑠生にたずねた。

「それを書きこんだのは、きみのお母さんなのか」

「…………」

瑠生の視線が宙をさまよった。風が窓をたたいて、白い花びらをふきかける。

「そうなんだね」

コウ先生の問いかけに、瑠生は無言でうなずいた。

8　マザコン男の未来像

「それを書きこんだのは、ボクの母だと思います。……たぶん」

コウ先生がわたしのブログに悪口を書いた人をたずねると、瑠生(るい)は消え入りそうな声でこたえた。

「でもさ、ボクのことを『マザコン野郎(やろう)』とか、『赤ちゃん高校生』とか、ブログに悪口を書いた琴美(ことみ)もいけないだろ。琴美(ことみ)がそんなことを書かなければ、うちのお母さんだって……」

「えっ、なに？　わたしが全部いけないって言うの？」

「全部とは言ってないけど、でも……」

「わたしがどれだけ一生懸命(いっしょうけんめい)、お弁当つくったか、わかってないでしょ。どれだけ誕(たん)

生日のデートを楽しみにしてたか、わかってないでしょ。すごく、すごく楽しみにしてたのに。それなのに……」

ブログで知らない人たちに心の内を打ちあけたかったんじゃない。友だちの穂香にでもない。

本当に打ちあけたかったのは、瑠生になんだよ。

瑠生がちゃんと話を聞いてわかってくれるなら、瑠生に話したかったんだよ……。

喉をつき上げて涙があふれてくる。

言葉をつなごうにも、声が出ない。

わたしは瑠生の声を待った。「ごめん」というひと言を。

でも、瑠生の口から出てきたのは、やっぱり「お母さん」だった。

「お母さんはボクたちのことを思って、いろいろやってくれたんだ。うちのお母さんは……」

そこでコウ先生が毅然とした態度で口をはさんだ。

「これはきみのお母さんじゃなくて、きみ自身の問題だよ」

「でも！」

「はっきり言おう。鋼のヘソの緒で結ばれている母親にべったりの息子を、世間ではマザコンと呼ぶ。つまり、きみは筋金入りのマザコンってわけだ」

コウ先生はそう言うと、テーブルにひじをついて身を乗りだした。

「瑠生君。このままお母さんの言うとおりにしていると、自分で何も決められない大人になってしまうかもしれないよ。たとえばこんなふうにね」

コウ先生が指をパチンと鳴らした。

その瞬間、停電になったように視界が真っ暗になった。次第に明るさがもどってきたと思ったら、なぜかスーツ姿の男の人が見えてきた。

わたしは、「だれなの？」とつぶやいた。

遠くからコウ先生の声が聞こえてくる。

「これは十年後の瑠生君の姿だ。お母さんがすすめる会社に、なんの疑問をいだくこともなく就職。大事なプロジェクトの一員になるが、自分の判断に自信を持つことができない。そこで、仕事に迷うと、毎度のごとくお母さんに相談する」

未来の瑠生が壁を向いて、スマホでこそこそしゃべっている。そばを通りかかった同僚が、けげんそうに瑠生を見ている。

「そんなきみだから、しょっちゅう上司にしかられる。そのたびに、お母さんに電話で泣きついて、グチをこぼす」

わたしは思わず「かっこ悪い」とつぶやいた。

再びコウ先生の声が聞こえてきた。

「ある日、きみのお母さんが会社に乗りこんでくるという事態が発生。上司はきみをプロジェクトからはずす。それ以来、きみは〈ママ男ちゃん〉と陰で呼ばれ、社内で孤立。お母さんの手づくり弁当を食べるときだけが、会社での楽しみになる」

未来の瑠生が、自分の席でお弁当を広げる。エビフライにしょうゆをかけて、おいしそうにほおばる瑠生に、冷たい視線を向ける同僚たち――。

イメージが切りかわった。

閑静な住宅街の一軒家。

白髪まじりの瑠生が、奥さんらしき女性と言い争っている。

「それから、さらに十年後。きみは結婚したけれど、夫婦ゲンカのたえない毎日を送ることになる。なぜなら、きみがお母さんの意見を優先しようとするからだ。住む場所から子どもの名前まで、お母さんの意見に従うきみに、奥さんの怒りが爆発。あわててきみはお母さんに電話する。そうして再び……」

老いた瑠生のお母さんがドアをバンッと開けて、ワーワーわめきながら乱入してきた。瑠生の奥さんも負けていない。とっくみあいのケンカをする二人のそばで、未来の瑠生があわてふためいている――。

「ひどっ！　……あれっ？」


わたしは自分が発した声でわれに返った。

白い壁。観葉植物。飲みかけのアイスティー。

フェルマーがコウ先生の隣のイスにすわっている。

そうだ、ここはネコカフェだ。

わたしは今、コウ先生のお店に来ているんだった。

それにしても不思議。まるで現実のように未来が見えた。ぼんやりしていたんだろうと思って横を見たら、瑠生が青い顔をしていた。太ももの上にのせた手がふるえている。

（もしかして、瑠生にも見えていた？）

そのとき、コウ先生が「おーい」と瑠生の鼻先で手をひらひらさせた。

瑠生はハッとして背筋をのばした。

「そんなわけで瑠生君、今のうちに鋼のヘソの緒をペンチで切っておかないと、きみの将来はその重みで暗い水底にしずんでしまうかもしれないよ」

「…………」

突然、ピポンッと音がした。

瑠生がジーンズのポケットからスマホをとりだした。

〈瑠生君、今どこ？〉

瑠生のお母さんからだった。

静まり返った店内に、再びスマホの着信音がひびいた。

ピポンッ。

〈お返事ちょうだいね〉

ピポンッ。

〈早くちょうだい〉

ピポンッ。

〈どうしたのよ〉

ピポンッ。

〈あの子と会ってるんじゃないわよね〉

ピポンッ。

〈今すぐ返事して！〉

ピポンッ。
〈ママを心配させないで。お願い！〉
瑠生の右手の親指がかすかに動いた。
（返信しちゃダメ！）
わたしは心の中で叫んだ。
苦しそうな瑠生の横顔。喉が大きく上下に動く。
わたしはもう一度、祈るような気持ちで叫んだ。
（返信しちゃダメ！　今が鋼のヘソの緒を切るチャンスだよ！）
そのとき、瑠生の親指がものすごいスピードで動き始めた。
（瑠生……）
文字を打つ瑠生の姿を見て、全身の力が抜けた。

愛情というか愛着というか、瑠生へのすべての思いがすぅーと遠のいていく。

瑠生がテーブルの上にスマホを置いた。

わたしとコウ先生は、首をのばして画面をのぞきこんだ。


〈今、琴美といる。あとにして〉


「瑠生！」

思いがもどってきた。

愛情が、愛着が、一瞬でもどってくる。

瑠生はアイスティーを一気に飲みほすと、フーッと天井をあおいだ。

9 進化するマザコン男

窓から見える、うろこ雲。
ナポレオンがヒミコを追いかけて、階段をかけ上っていく。
ソーセキとシェイクスピアは体をよせあって、ソファーでうたた寝。
ダーウィンとアインシュタインは窓辺でひなたぼっこしている。
フェルマーと遊んでいたわたしは、「あっ」と声をあげた。
「そっか。このお店のネコたちの名前、それぞれの教科の偉人からつけたんですね！」
ナポレオンが世界史、ヒミコが日本史、ソーセキが国語、シェイクスピアが英語。
ダーウィンは生物で、アインシュタインは物理。フェルマーという人は知らないけど、
たぶん数学のすごい人なんだろう。

わたしは梁の上で寝ているキジネコを見た。

「タカはだれかな」

コウ先生はカウンターの向こうでレタスを洗いながら、

「日本ではじめて正確な日本地図をつくった人だよ」

「だれそれ？」

「知らないの？」

「うん」

「答えは伊能忠敬」

「ああ、イノウタダタカね！　それでタカなんですね。じゃあ、タカは地理だ」

「琴美ちゃん、日本史も教えようか」

「いいえ、けっこうです」

トントントンと包丁の小気味よい音が聞こえてきた。その音とハモるように、コウ先生の声がした。

「最近、彼氏は？」

「うん、元気ですよ」

瑠生はわたしのブログに悪口を書いたことを、お母さんに問いただした。そうして、瑠生のお母さんはしぶしぶ認めたらしい。

瑠生は今、少しずつかわろうとしている。

お母さんと買い物に行くのをやめたし、わたしとの会話やデートでのできごとをお母さんに話すのをひかえるようになった。

今でも瑠生の口から「お母さん」って言葉が出てくることがある。言ったあとに、瑠生は「しまった」って顔をする。

そんなとき、以前のわたしならムスッとしたけど、最近は笑って「はい、イエローカード一枚ね」と言えるようになった。

「この前、瑠生がお弁当をつくってくれたんですよ。料理くらい自分でできるようにならなきゃダメだって思ったみたい」

「へえ。で、どうだったの?」

「お弁当っていうか、おにぎりだけだった。でも、こーんな大きなおにぎりで、食べていくと、シャケとかタラコとか塩コンブとか鶏そぼろとか、いろんなのが出てくるの」

「宝さがしみたいだな」

「じつはわたし、瑠生が本当につくれるか心配で、ひそかにお弁当を用意しておいたの。それから除菌用ウェットティッシュも。それで気づいた。もしかして、わたしって世話好きなのかもしれないって」

「ハハハ。だからこそ、瑠生君はきみにほれたんじゃない?」

「そうかなぁ、エヘヘ……。あっそうそう、お菓子焼いてきたんだ」

わたしはバッグから小箱を出した。魚の形のクッキーがいっぱい。焼き色もバッチリだ。

そのとき、ドアが開いた。

「こんちはぁ」

「おお、瑠生君。ひさしぶり」

瑠生がコウ先生に向かって会釈した。

今日の瑠生はよれっとしたTシャツに、しわしわのジーンズ。

うん、悪くない。瑠生のお母さんが選んだ服より、ずっといい。

わたしはソファーの背もたれにかけたカーディガンをつかむと、袖をとおしながらコウ先生に「また遊びにきますね」と言った。

「えっ、もう帰るの?」

「はいっ。これから二人で、この近くでやるライブに行くんです」

「なんだ、そうだったのか。残念だな」

瑠生がテーブルの上のクッキーに気づいた。

「これ、琴美がつくったの？」

「うん」

「サンキュッ」

「あっ！」

止めるまもなく、瑠生がクッキーをかじった。そして、ビミョーな表情をうかべて、

「なんかこれ、かつおぶしみたいな味がする……」

「だって、ネコ用のクッキーだもん」

「グエ～ッ」

瑠生が口を押さえている横で、コウ先生がクッキーをむしゃむしゃと食べ始めた。

「ちょっと先生、だからネコ用だってば！」

「う～ん、んまいっ」

まったくもう、ネコじゃないんだから。

わたしは苦笑した。瑠生が腕時計をちらりと見て言った。

「さあ、行こう」

「うん」

わたしと瑠生は店を出た。

真夏のさすような光がやわらぎ、空気もすみきっている。

「さようなら」

「うん、またおいで」

コウ先生がドアの前まで来て、足もとにネコをまとわりつかせながら手を振ってくれた。

「なんかあの人、ネコみたいだよな」

瑠生が言った。

「だよね！　わたしも前からそう思ってた」

「マジでネコだったりして？」

わたしと瑠生は目を合わせて笑った。

やわらかい秋風が、つないだ手と手のあいだを吹き抜けていった。

解説

臨床心理士 鈴木晶子

マザコンとは、一般に、母親に対して、子どもが強い愛着・執着を持つような状態をいうようです。本作の瑠生のような、いきすぎたマザコン男子との恋愛は、苦労が多いかもしれません。そもそも恋愛は、人と人との「対等な関係」のうえに成り立つのが理想です。そこに、一方のお母さんが入ってきてあれこれ言ってくると、対等な関係を築くことは難しく、もう一方の立場を弱くしてしまう可能性があります。

◎まわりの意見を聞いてみる

つきあっている人の母親に対する言動を不思議に思っても、「お母さん思いの人」だからなのか、「いきすぎたマザコン」だからなのか、見分けるのはなかなか難しいもの。親の言うことばかりを聞く人だったら、あなたのことを大切にしてくれないかもしれません。もしかしたらマザコンかもしれない……と悩むこともあるでしょう。そんなときには、友だちやまわりの大人などに相談してみましょう。冷静な意見を聞くことができるはずです。

◎わたしはわたし

つきあっている相手やそのお母さんが何と言おうと、「わたしはわたし」という姿勢を持ちましょう。相手やそのお母さんが望む通りにしてあげて、喜ばせる必要はありません。そんなことをして無理につきあっていても、自分が疲れてしまって、長続きしないものです。何か言われたとき、素直に「いいな」と思う意見は取り入れてみて、「これはちがう」と思ったものはことわることが大切です。こういったコミュニケーションを積み重ねながら、相手や周囲の人たちとも楽しくつきあっていけるようにしましょう。

◎無理せず距離を置く、それでもダメなら別れる勇気も

コミュニケーションを積み重ねていっても、相手やそのお母さんが、今のあなたを尊重してくれないのなら、距離を置いたり、別れたりすることも必要かもしれません。相手が本当にあなたのことを好きなら、ありのままのあなたを好きでいてくれるはずです。都合のよい人になってしまわないためにも、距離をとってお互いによく考え、それでもダメなら思い切ってお別れしましょう。

家庭教師コウの事件簿(じけんぼ)Ⅱ

親の敷(し)いたレール

長江優子

1 作文コンテスト

十月下旬の朝。

体育館にぎっしりとつめこまれた生徒たちを前にして、校長先生がえんえんとしゃべっている。

右足から左足へ、左足から右足へ。

ときどき重心を移動させて疲労を分散させながら、「早く終わらないかな」と心の中でつぶやく。

月に一度の全校集会は拷問だ。

ふだんより私語が多く、落ち着かない雰囲気なのは、眠気をさそう校長先生の話し方のせいだけじゃない。台風が近づいているからだ。

わたしも朝からだるい。朝食をパスして時間ぎりぎりにベッドから出たけど、今でも体は半分眠っている。

「番組の中で、その選手は『ベストコンディションをキープするには、緊張と弛緩のバランスが大切だ』とこたえていました。緊張感をたもつのは大事だが、その状態がずっと続くと息切れしてしまう。弛緩したままだと、勘がにぶくなる。そんなわけでして、十一月の体育祭が終わった二週間後には、期末テストが始まります。気持ちがゆるみっぱなしにならないよう、よきところで引きしめにかかり……」

そうだ、来月は期末テストだ。その前に塾の模試もある。

高校に入学したと思ったら、もう二年生の後半。大学受験まで、残すところあと一年半だ。だるいなんて言ってる場合じゃない。がんばらなきゃ。

「涌井さん。ねえ、涌井さんってば」

わたしは顔を上げた。前の森沢さんが首をひねってこちらを見ている。

「呼ばれてるよ」

そう言って森沢さんは壇上を指さした。

「涌井万里殿。あなたは、校内作文コンテストにおいて優秀な成績をおさめられましたので、これを賞します」

校長先生が「おめでとう。大変すばらしかった」と言葉をそえながら表彰状を差し出した。

「あ、ありがとうございます」

頭を下げ、ぎこちない動作で賞状を受けとったら、大きな拍手が聞こえてきた。

全身が熱い。たぶん、ほおが真っ赤だろう。朝の身支度、ちゃんとすればよかった。

列にもどると、クラスメートから拍手で迎えられた。

「涌井さん、おめでとう！」

「さすが天才。やっぱオレとは頭の構造がちがうわ」

「何を書いたの？」

「えっ、べつにたいしたことじゃ……」

あの作文を書いたのは夏休み直前だった。「今回のテーマは『思い出』だ」と担任が告げた瞬間、あまいかおりの記憶がよみがえってきた。


あれは確か、六歳になる前の春のこと。

わたしは絵本が大好きだった。絵本が友だちみたいなものだった。

そんな子だったから、自然と絵本から文字を覚えた。画用紙に絵を描いて、そこにひらがなとカタカナと、簡単な漢字を組みあわせた文章もそえるようになった。

わたしの作品というか落書きを見て、母はとても喜んだ。

「万里ちゃんは絵も字もとってもじょうずね。ねえ、ママにもっと描いて見せて」

母の喜ぶ顔が見たくて、紙芝居をつくった。題名は『ルルちゃんのホットケーキ』。

ストーリーはこんな感じ。

女の子が食べていたホットケーキのかけらが床に落ちて、そのかけらをネズミが食べ、ネズミが残したかけらをモグラが食べ、さらにモグラが残したかけらをアリが食べる。砂つぶのようになったホットケーキのかけらから芽が出てきて、最後はホットケーキの木が育つ、というもの。

どこかにありそうな話。絵も下手だったと思う。

でも、母は喜んでくれた。すごく喜んでわたしを抱きしめてくれた。

大人が家に来ると、「うちの万里がこんなものをつくったの」と紙芝居を見せた。

そのたびに、わたしはほこらしい気持ちになった――。


全校集会が続く中、わたしはまるめた賞状をこっそり開いた。

キラキラかがやく「優秀賞」の三文字。
お母さん、喜んでくれるかな。
この前の模試の失敗、これで挽回できたらいいけど……。
開け放した扉の向こうで、校庭の木々が風に大きくゆさぶられている。
嵐の前の静けさって感じ。
わたしは賞状をまるめなおして前を向いた。

2 おまじない

「あのぉ。それ、本物ですよね？」

英文の和訳問題を解き終えたわたしは、家庭教師のひざの上で丸くなっている物体に目を向けた。

「今、気づいた？」

「あ、いえ……」

ずっと前から気づいていた。

先生が玄関先で傘を閉じながら、「はじめまして、吹雪コウです」とあいさつしたときから。だって、斜めがけにした先生の布バッグのふくらみが、モゾッと動いたんだもの。

わたしの部屋に入ると、コウ先生はペンケースやノートを取りだすように三毛猫を布バッグから出した。あたりまえのようにそうしたから、なんとなく聞きそびれてしまった。

そして一時間後の今、とうとうがまんできなくなってたずねたのだった。

「名前はなんていうんですか?」

「シェイクスピア。短縮形はシェイク。英語がニガテな子がシェイクの頭をなでると、なぜか英文がスラスラ頭に入ってくるようになる」

「じゃあ、さわってもいいですか?」

「ウソだよ」

「リスニングと長文の読解力もアップしますか?」

「だからウソだって。次のページにいこう」

「……はい」

今日から週三回、家庭教師に来てもらうことになっている。

塾の模試で、英語の偏差値が七ポイントもダウンしたからだ。

あのときはヘコんだ。でも、お母さんはもっとヘコんでいた。

成績表を見せたとたん、カクンとくずれるように床にひざをつけると、声をふるわせて言った。

「万里ちゃん、どういうこと？　いったい、どういうことなの？」

その翌日、お母さんは体調をくずして床にふした。

わたしのせいだ。わたしの成績にショックを受けたんだ。お母さんはとても繊細な人で、昔から心配事やストレスを感じると、決まってこうなるのだ。

「次はがんばるよ。わたし、がんばるから」

その新たな模試が再来週に迫っていた。

今度はゼッタイに失敗できない。数国理社で最高点を出しても、英語に足を引っぱられたらアウトだ。

がんばらなきゃ。

もっとがんばらなきゃ。

もっともっとがんばらなきゃ。

でも、この前の模試(もし)みたいに、リスニングのとき、ふっと耳が遠くなって、スピーカーから流れる英会話が聞こえなくなったら？　英文がアリの隊列のように見えて、頭に入ってこなくなったら？

「先生。あの、さわってもいいですか」

勉強を終えたあと、わたしは思いきってたずねた。

「どうぞ」

コウ先生はシェイクを抱(だ)き上(あ)げると、わたしのひざの上に置いた。

けっこう重たい。そしてあったかい。

人さし指で白い鼻筋からおでこに向かってなでてみた。シェイクが目を細めてあごを上げる。

こうするだけで試験問題がスラスラ解けるようになったら、どんなにいいだろう。

(今度の模試がうまくいきますように)

シェイクが喉を鳴らした。

「大丈夫だよ」と言ってくれたような気がしてうれしかった。

3 万里と陽菜

「本当に結構です。これくらいの雨風、なんてことありませんから」

「先生、まあ、そうおっしゃらずに。一時間もすれば小降りになるでしょうから、うちでお夕飯を食べていってください。ネコちゃんだって、ぬれちゃかわいそうでしょう」

台風は予報よりもゆっくりしたスピードで進み、今がピークって感じであばれまくっていた。

玄関でお母さんがコウ先生を引き止めていたら、ドアが開いた。

「ただいまーっ！」

強風とともに妹の陽菜があらわれた。全身びしょぬれだ。ビニール傘の骨が折れて、しおれた花みたいになっている。

「陽菜ちゃん！　こんな日にどこへ行ってたの!?」

「べつに。学校が終わったあと、ユキんちでおしゃべりしてただけ。……あっ、この人、おねえちゃんのカテキョー?」

「陽菜っ！　失礼な言い方しないの」

「はじめまして。吹雪コウです」

「どうも。ウチ、妹の陽菜です。……わっ、なにこれ、ネコ!?　超かわいい～」

陽菜が目を細めてコウ先生の布バッグに顔を近づけようとしたら、お母さんは陽菜のセーラー服の襟をつまんで、後ろに引っぱった。

「今すぐ服をぬいで、シャワーあびてらっしゃい！　先生、ささ、こちらへ」

「あ、その前にトイレを借りてもいいですか」

「ええ、どうぞどうぞ」

外で風がゴーゴーと音を立てる中、わたし、お母さん、陽菜、コウ先生、それとネコ一匹でテーブルをかこんでいる。

今日のメインは酢豚。わたしの好物だ。

「ネコちゃん、おとなしいわねえ。……ところで先生。うちの子、どうでした？ 今度の模試までに間に合うかしら」

お母さんがたずねると、出張中のお父さんのイスにすわったコウ先生は、みそ汁をすすりながら「間に合わないですね」と言った。

わたしははじかれたように顔を上げた。テーブルの空気がピンとはりつめる。

「二週間やそこら勉強しただけでは成績は上がりません。でも、万里さんはこれまでのたくわえがありますから、大丈夫でしょう」

「……そうでしょうか」

「トイレに模試の成績表がはってありましたけど、前々回まで英語は八十五点以上をキープしてたんですね。でしたら、なおさらです。それよりも、今からがんばりすぎて息切れしないようにしないと。大学受験まで、まだまだ道は長いですから」

そういえば昨日の全校集会でも校長先生が同じことを言っていた。緊張と弛緩のバランスが大切だって。

わたしが口を開こうとしたら、お母さんがこたえた。

「ああ、その点は問題ないですわ。ねえ、万里ちゃん？」

「う、うん……」

食後のデザートはパティスリー・カズのケーキだった。その店はいちばん安いシュークリームで五百円もする高級洋菓子店だ。

お母さんがロールケーキとモンブランがのった皿をわたしに差し出すと、陽菜が

「ちょっと～！」とわめいた。

「なんで、おねえちゃんと先生はダブルで、ウチはロールケーキだけなの？」

「このケーキは昨日、万里ちゃんが作文コンテストで優秀賞をいただいたごほうびなの。それと、コウ先生はお客様だから」

「え～ずるぅ。今日の夕飯だって、おねえちゃんの好物だったじゃん。酢豚って、ごはんに合わないから嫌いなんだよね」

「じゃあ、どうぞ」

コウ先生が陽菜の皿にモンブランをのせようとしたら、陽菜は右手をかかげてブロックした。

「あ、いいです、いいです。ウチ、ダイエット中だから」

「本当にいいの？」

「うん。いらないんだったら、ニャンコにあげてください」

「ネコはケーキを食べない」

そう言ってコウ先生は足もとで寝ているシェイクを見た。

「そうだわ。万里ちゃん、これ」

お母さんから袋を手渡された。中をのぞいたら服が入っていた。

「ほら、あなたがほしがってたブラウスよ。作文コンテストの結果がよかったら買ってあげる約束だったでしょ」

「ああ、ありがとう」

わたしとお母さんのやりとりを見て、陽菜がまたわめきだした。

「え～、なんで、おねえちゃんだけ!?　ずるぅ～！」

小さな子どものように足をバタバタさせている陽菜に、お母さんがぴしゃりと言った。

「だったら、陽菜ちゃんもお勉強がんばりなさい。万里ちゃん、今度の模試で十番以内に入ったら、もっといいもの買ってあげるからね」

陽菜は「フンッ、別にいいも～ん」とフォークをくわえると、ソファーに移動してテレビを見始めた。

家の外も中も、大荒れ。

でも、気にしない。わたしの関心は目の前のケーキだけ。

モンブランを口にふくんだ。

舌の上でとけていくマロンクリーム。ああ、最高。パティスリー・カズのケーキって、どうしてこんなにおいしいんだろう。

夢中で食べていたら、あっという間になくなった。

「ごちそうさま。勉強してくる」

「そう。がんばってね」

廊下に出ると、お母さんの声がドアの向こうから聞こえてきた。

「あのとおり、万里はがんばりやだけど、陽菜はマイペースで……。でも、万里が気がきかないぶん、陽菜はああ見えて家事を手伝ってくれるので、助かってはいるんですけどね……」

雨足が弱まったのは、それから二時間後だった。

陽菜まで玄関に出てきてコウ先生を見送った。ドアが閉まると、お母さんが「どうだった？」とわたしに言った。

「え、何が？」

「先生よ。お勉強、どうだったの？」

「よかったよ。ネコにはびっくりしたけど、説明がわかりやすいし、英語の発音もきれいだった」

「それを聞いて安心したわ。ネコでもライオンでも、万里ちゃんの成績を上げてくれるなら、なんだってウェルカムよ。お風呂、わかしてくるわね」

お母さんが廊下を歩いていく。床を打つスリッパの音。上機嫌のようだ。

（さあ、がんばらなきゃ）

その前に、脳の栄養補給にアイスクリームを食べよう。……あっ、ううん。先に昨日残したチョコレートからかたづけちゃおう。

わたしは廊下にただよう生ぬるい空気を吸いこむと、ゆっくりはきだしながらキッチンに向かった。

4 わたしの知らない自分

台風が去った翌日の昼休み、担任から職員室に呼びだされた。

「涌井、弁論大会に学校代表で出てみないか」

「えっ、わたしが……ですか？」

担任によると、作文コンテストの入賞者が県の弁論大会に出場するのが、暗黙のルールになっているらしい。考える時間をあたえられるまもなく、その場で作文用紙を渡された。

帰宅後、夕食の準備をしていたお母さんにそのことを伝えると、お母さんは抱きつかんばかりに喜んだ。

「万里ちゃん、すごいじゃない。それで、大会はいつなの？」

「来年の二月八日」

お母さんはエプロンで手をふきながら電話台の上にかかったカレンダーの片隅(かたすみ)に、赤いボールペンで日づけを書きこんだ。

「今年は早めに来年のカレンダーを買いにいかないと……。お母さん、ゼッタイ見にいくからね。万里(まり)ちゃん、期待してるわよ」

そんなわけで、わたしは今、作文用紙とにらめっこしている。

弁論(べんろん)大会のテーマは「十年後のわたし」。

手の中で消しゴムをころがしながら、時計を見た。

「あっ」

信じられない。もう二時間もすぎている。

「どうしよう、ぜんぜん書けない。時間のロスだよ」

今日は友だちとドーナツショップに行くのをことわって、こっちを優先したのに。

でも、締め切りまで時間はまだある。

わたしは作文用紙を机の引きだしにしまって、勉強にとりかかった。ＣＤプレーヤーをセットして、英会話のリスニング教材に耳をすましていると……。

「ククッ、クククク」

隣の部屋から陽菜の笑い声が聞こえてきた。壁をたたくと静かになった。でも、しばらくすると、また「ククククク……」。

断続的に聞こえてくる笑い声に、集中力がそがれていく。

「陽菜、静かにして！」

隣の部屋にふみこんで怒鳴った。ベッドにごろんと横になった陽菜が、マンガから視線を離してわたしを見た。

「ちょっとぉ、勝手に入ってこないでよ。ククッ」

マンガの余韻を引きずって、うすら笑いをうかべている陽菜。

その態度にイラッときた。

床にころがっていたクマのぬいぐるみを、陽菜に向かって思いきり投げた。

「イッタァ～イ！　なにすんのよ！」

「あんたがうるさいから、いけないんでしょっ！」

中三のくせして、いつもマンガばかり読んで。

受験生だっていうのに、しょっちゅう友だちと遊びにいって。

あんたばっかり、いい思いをしてなによ。

「おねえちゃんだって、うるさいじゃん！」

「しょうがないでしょ。英語の勉強中なんだから」

「ちがうって。英語の発音じゃなくて、おねえちゃんの歯ぎしりだよ」

「えっ？」

「夜中にギシギシ音がするから、部屋をのぞいたら、歯ぎしりしてた」

「うそだ」

「ホントだってば」

妹からおかしなことを指摘（してき）されて、わたしはますますイラついた。

「そんなの、たまたまでしょ」

「ううん、ずっとだよ。九月からずっと」

「九月？　先月のいつからよ？」

「そんなの覚えてないよ。あっ、でも、テスト勉強してるときだったから、九月の真ん中へんかな」

九月の真ん中。

ということは、塾（じゅく）の模試（もし）が終わったあとだ。

じゃあ、あれからひと月近く、歯ぎしりが続いてるってこと？　まさか！

「ついでに、ぶっちゃけるけどぉ……」

陽菜がクマのぬいぐるみを抱きしめながら、体を左右にゆらした。

「なによ？　早く言いなさいよ」

「言っても怒らない？」

「怒らないから、早く言って」

「じゃあ、言うよ。……おねえちゃん、すっごく太った！」

「えっ？」

「だってそのジーンズ、前はブカブカだったけど、パッツンパッツンじゃん。顔もまんまるで二重あごになってるし。おすもうさんみたい」

「おすもう、さん？」

　確かに最近、ジッパーが上がりにくいなぁとは思ってたけど、おすもうさんと言われるほど太っていたとは……。

疲れをとったり、集中力を高めたりするのに、糖分を摂取するのがいいと聞いて以来、夜食がわりにチョコレートやアイスクリームを食べてたのがいけなかったかもしれない。

歯ぎしり。激太り。

陽菜の指摘に、わたしはうろたえた。

「ねえ、おねえちゃん」

「な、なによ？　まだ何かあるっていうの」

「うん」

「なに？　なんなの！　お願い、言って！」

「今日、イケメンのカテキョー来る？」

「…………」

脱力。わたしは無言で廊下に出た。陽菜の声が追いかけてくる。

「歯ぎしりって、ストレスと関係あるらしいよー。あとねー、ダイエットするなら、毎日十回、体重計に乗るといいよー」

5 プレッシャー

弁論大会のスピーチ原稿の提出日が明日に迫っていた。

それなのに、わたしの手もとにある作文用紙は、冒頭に「十年後のわたし」と書いてあるっきり、あとは白紙だ。二週間前から一行も、……いや、一字も進んでいない。

(お母さん、楽しみにしてるから、がんばらなきゃ)

深呼吸して、十年後のわたしについて考えてみる。

今、わたしは十七歳。高校二年生だ。

来年は高校三年生で、その次は大学生。できれば……ううん、ゼッタイ東大に行きたい。

じゃあ、その先は?

大学卒業後のことを考えようとすると、なぜか霧がかかったみたいに先が見えなくなる。

十年たったら二十七歳。

そのころ、何をしているだろう。

わたしは何をしたいの？　何になれるの？

霧の向こうに手をのばしても、何もつかめない。

「ハァ～」

作文用紙の上にシャープペンをほうって、頭を左右にふった。

日曜日は塾の模試だ。来週には期末テストがある。

悩んでいる時間はないのに……。

わたしはコンビニ袋に手をのばした。買いこんだお菓子の中から、チョコレートをかけたポテトチップスの箱を取りだす。

あまいものを食べると、気分がスッキリする。

しょっぱいものを食べると、やる気が出る。

このふたつの効能をかねそなえたチョコポテチは、わたしのお気に入りだ。

超高カロリースナックだけど、イライラをおさえるためには、食べずにいられない。

陽菜にデブと指摘されてから、また太った。

食欲に歯止めがきかなくなってしまった。

制服のスカートのホックはついにいちばん端まできてしまったし、ジーンズは太ももが引っかかって腰まで上がらない。ふだん、ウエストがゴムのスカートばかりはいていたせいだろうか。

「ふぅ～」

あっという間にチョコポテチをたいらげた。二リットルサイズのソーダも、からっぽだ。

食欲が満たされて、わたしは作文用紙にシャープペンを一気に走らせた。でも、しばらくすると膀胱がむずむずしてきた。二枚目を書き終えたところで、トイレにかけこんだ。

「わわっ、ちょっと見ないでください！」

部屋にもどると、コウ先生がいた。

足を組んで、わたしのスピーチ原稿を読んでいる。

「なるほど。ザ・優等生！　って感じの作文だね」

「それ、どういう意味ですか」

「なんていうか、こう、他人が書いた文章のいいとこ取りって感じ。気持ちがぜんぜん伝わってこない」

「なっ……！」

図星だった。だからこそ、腹が立った。

「そのとおりですよ。ネットで過去の弁論大会のスピーチを調べて、いいとこ取りしたんですよ」

ヤケになってそう言うと、コウ先生はおどろいたようすでわたしを見つめた。

「だって、しょうがないじゃない。書けないいんだもん」

わたしはイスにすわって、そっぽを向いた。

「占い師じゃないんだから、十年後の自分なんて、わかるわけないじゃないですか」

「でも、将来やりたいこととか、気になる職業とか……」

「だからないんだってば！　大学だってまだ決まってないのに、大学に入ることだけでいっぱいいっぱいなのに、その先のことなんて考えられません！」

「万里ちゃんの目標は東大だよね？」

「なんでそれを？」

「トイレにはってあった。『めざせ！ 東大』って。あれ、きみの字じゃないよね」

「……………」

あれはお母さんが書いた。

トイレのドアに模試の成績表をはったのもお母さんだ。

「お母さんの夢を自分の夢だと思いこんでない？」

「えっ。そ、そんなことは……」

「だとしたら、未来を想像できないのは当然だよ。きみはすなおだから、これまでもお母さんの期待にしっかりこたえてきたんだろう。でも、お母さんはお母さん、きみはきみだ。もう一度、自分自身を見つめなおしてごらん」

コウ先生は作文用紙を机に置くと、足もとの布バッグをつかんだ。今日はネコが入っていない。かわりに黒のカードケースから名刺を一枚抜いて、わたしに差し出した。そこには「ネコカフェ・ブリザード」と書いてあった。

「英語のことでも心の悩(なや)みでも、解けない問題があったら、ここにおいで。ヒントなら、いつでもあげるよ」

コウ先生が帰ったあと、作文用紙をくしゃくしゃにまるめてゴミ箱にすてた。

新しいチョコポテチを食べて気合いを入れなおし、まっさらな作文用紙と向きあった。

でも、書けなかった。

朝になっても、作文用紙のマス目は白いまま。

それがのちにどういう事態を引きおこすことになるか、わかっていたけど書けなかった。

6 辞退

「弁論大会の代表を降りた、ですって?」

お母さんの顔から、血の気がみるみるうせていく。

わたしはおずおずとこたえた。

「スピーチ原稿、今日が提出日だったけど、間に合わな……」

話し終わらないうちに、お母さんが口を開いた。

「明日にのばしてもらうことはできないの?」

「四度目なの」

「えっ?」

「提出日をのばしてもらうの、これで四度目だったの。だから先生、ほかの子にたのむって」

その瞬間、お母さんの顔がぐにゃりとゆがんだ。

「がっかりだわ。本当にがっかり。弁論大会に万里ちゃんが出るっていうから楽しみにしてたけど、じゃあ、この日の予定はなしってことね」

お母さんは買ったばかりの来年のカレンダーにつけた「万里・弁論大会！」という書きこみに大きなバツ印をつけた。


お母さんにうそをついた。

提出日を四回のばしてもらったなんて、うそ。

担任にはスピーチ原稿が書けないと正直に話した。「十年後のわたしなんて想像できないから、弁論大会に出られません」と。

「じゃあ、なぜ想像できないのか、その点を掘り下げて書いてみたらどうかな」と担任は食い下がった。

一瞬、机をバンッとたたきそうになった。「そんなの書けるわけないでしょ！」と叫びそうになった。

どうして十年後のわたしを想像できないのか？

それはわたしに将来の夢がないからだ。

東大に入る。そのことしか頭にないからだ。

その東大になぜ入りたいかも、よくわからない。

わたしには夢がない。未来がない――。

そんな内容のスピーチを客席にいるお母さんの前で堂々と発表できるわけがない。

でも、結果的にお母さんを傷つけてしまった。最低だ。

わたしは無意識のうちにコンビニ袋に手をのばした。

チョコポテチ。プリン。ビスケット。おにぎり。エクレア。ポップコーン……

ありとあらゆる食べ物が、ブラックホールのような胃袋に消えていく。

キャンディ。インスタントヌードル。肉まん。あんまん。ウエハース……

食べても食べても、あきたらない。

おなかは満ちても、心は満たされない。

「万里ちゃん、きちんと寝てる？」

「あっ、はい」

コウ先生がわたしの顔をのぞきこんだ。いけない、勉強中だった。

「目の下にクマができてるよ。それから解答欄、ひとつずれてる」

「えっ⁉」

最近、集中力が落ちている。

いろいろなことが気になって眠れない。

昨日も、おとといも、陽菜から「またギシギシやってたよ」と言われた。

でも、がんばらなきゃ。

とにかく、もっとがんばらなきゃ。

日曜日。

模試を終えた高校生の集団が自動ドアをめざして、うす暗い廊下を進んでいく。その流れに身をまかせてトボトボ歩いていたら、不意にスニーカーの色が明るくなった。

わたしはゆっくりと顔を上げた。

外は快晴だった。気持ちのいい風。

青空に向かってため息をつく。

「ハァ～」

模試はさんざんだった。得意な理数もいまひとつ。英語のリスニングにいたっては、半分も聞きとれなかった。もう笑うしかない。

「……？」

美容室の前で足を止めた。窓ガラスにうつる自分の姿を見て、息が止まりそうになった。

（これが、わたし？）

むくんだまぶた。黒ずんだ目の下。窓ガラスがゆがんでいるんじゃないかと思うほど、横に広がった体。

「うそでしょ。赤の他人みたい」

わたしは衝撃を引きずったまま、歩きだした。

帰ったらなんて言おうか？

模試のこと、お母さんになんて説明すればいい？

今日はコウ先生がやってくる。

来週の期末テストに備えて、がんばらないといけない。

「帰りたくないなぁ」

駅が近づくにつれて、足どりが重くなっていった。

自動改札口の前で立ち止まると、わたしは駅に背(せ)を向けて、今歩いてきた道をもどり始めた。

7 誘拐

とっくのとうにすぎ去った夏を思いだしたようにジリジリと照りつける太陽の下、わたしはどこに向かうともなく歩き続けた。

知らない町の、知らない道。

気づけば、夕焼けを吸いこんだような色をした煉瓦づくりの建物の前に立っていた。

そこは図書館だった。中に入ると、天井が吹き抜けになったホールがある。

ひんやりした空気。枯れ草のような紙のにおい。

そのにおいにさそわれるように、わたしは閲覧コーナーへ行った。

適当に選んだ本をながめていたら、女の人の声がした。

「エリサちゃん、これは今度にしなさい」

「やだ！」

「いいから今度にしなさい」

「やだ！」

絵本コーナーで、ロングヘアのお母さんと小さな女の子が、絵本の両端(りょうたん)をつかんで引っぱりあっていた。

「じゃあ、その計算プリントを最後までやったらね。今日はお教室で引き算ができなかったの、エリサちゃんだけだったでしょ。ママ、とってもはずかしかったわ。だからがんばりましょ」

「やだ！」

「だったら、この絵本はかたづけますっ」

そのお母さんは強引(ごういん)に腕(うで)を引いて絵本をうばうと、本棚(ほんだな)にしまった。

「帰るわよ」

「やだ！」

「じゃあ、勝手にしなさい！」

お母さんはスカートの裾をひるがえして、スタスタと去っていった。

残された女の子はその場で立ったままじっとしている。ふっくらしたほおにつたう水滴。声も出さずに泣いていた。

わたしは持っていた本を棚にしまうと、絵本コーナーに移動した。

棚にならんだ、高さがバラバラの絵本たち。その中からオレンジ色の背表紙の絵本を引っぱりだした。

「これが読みたかったの？」

女の子に絵本を差し出した。コクンとうなずく。

「『プンチッタのミルクパンケーキ』。わたしも小さいとき、好きだったなぁ。読むたびにミルクパンケーキが食べたくなった」

わたしがほほえむと、女の子は「エリサ、まだ読んでない」とつぶやいた。

「読もうとすると、いっつもママがダメって言うの」

「じゃあ、読んであげる」

「うんっ」

わたしは幼児用の小さなイスにすわって、絵本の表紙を開いた。

「むかしむかし、プンチッタという山のてっぺんに、小さな男の子が住んでいました。男の子のなまえはリコリリス・プンチッタといいました……」

そうそう、リコリス。この絵本の主人公は、こんな名前だった。

「リコリスは毎朝、牛のおせわをします。おいしいミルクをしぼって……」

ああ、なつかしい。

絵本を読むのは、どれくらいぶりだろう。

ページをめくるたびに、忘れていた物語の細部が目の前に広がっていく。

昔、よく出かけた場所を訪れたような、なつかしい感じ。

子どものころのわたしと、今のわたしのふたつの視点から読み進めていく不思議。

絵本を読み終えると、女の子は「エリサもミルクパンケーキ、食べたくなっちゃった」と言った。

「名前、エリサちゃんっていうのね。じゃあ、今から食べにいく?」

「うんっ」

わたしは女の子と手をつないで図書館を出た。めざすは塾の近くのパンケーキ専門店だ。

「エリサちゃんはいくつ?」

「五歳!」

「ということは、幼稚園?」

「うん。でも、四月になったら小学生だよ」

「へえ~。小学校はこの近く?」

「ううん。エリサ、おじゅけんするの」

「お受験?」

「うん。ママが『エリサは頭のいい子が集まる学校に行きなさい』って言ったの。だからエリサ、おじゅけんするの」

そっか。だからエリサちゃんのお母さん、図書館で引き算のプリントがどうのこうのって言ってたんだ。

わたしはにぎりしめたエリサちゃんの手を見つめた。

まだこんなに小さいのに。

胸(むね)がチクッとした。

「ねえ、おねえちゃん。ミルクパンケーキはどこ?」

「う~ん、道まちがえちゃったかもしれない」

「エリサ、おなかがすいたよぉ」

「じゃあ、しりとりしながら歩こう」

「うんっ！」

わたしたちは人気(ひとけ)のない住宅街(じゅうたくがい)を歩いた。

駅のほうに向かっていたはずなのに、見覚えのある景色は歩けども歩けどもあらわれなかった。

カラスの群れが夕空に飛んでいく。

スマホで現在地をチェックしようとしたら、充電(じゅうでん)が切れていた。

「エリサ、つかれた。もう歩けないよぉ」

「ごめんね。いったん図書館までもどろう」

「うん……」

引き返そうとしたそのとき、耳をつんざくような絶叫(ぜっきょう)が背後(はいご)から聞こえてきた。

　ふりかえると、二人の警察官（けいさつかん）のあいだにはさまれた女の人が、「エリサ――――ッ！」

とさけびながら、血相をかえてこちらに向かって走ってきた。

　ああ、あの人はエリサちゃんの……と思ったのと同じタイミングで女の子が声を上げた。

「ママッ！」

　エリサちゃんのお母さんは地面にひざをついて女の子を抱（だ）きしめると、わたしをキッとにらんだ。

「おまわりさん、早くつかまえて！　娘（むすめ）を誘拐（ゆうかい）したのはこの人よ！」

8 夜のネコカフェ

暗闇の中で、何かがうごめいている。

一匹……二匹……ううん、もっといる。

やわらかいものがわたしの足首をなでた。そのとたん、全身に電流のような悪寒が走った。

パチッ。

急に視界が明るくなった。

「ただいま」

コウ先生がネコたちに向かって声をかけると、ネコたちはいっせいにコウ先生の足もとにまとわりついて、ニャーニャーと鳴き始めた。

「よしよし、腹へったのか。ちょっと待っててな」

コウ先生はキャットフードが入った大袋をつかんで、それを床においた器の上でかたむけた。

カララランと、小石が鉄板にあたったような音が店内にひびきわたる。

ここは、ネコカフェ・ブリザード。コウ先生のお店だ。

水色を基調とした店内には、あちこちにネコがいた。私の足もとにいたのは、前に一度、家に来た三毛猫のシェイクだった。

「万里ちゃんも腹へってるだろ。チャーハンでもつくろうか？」

コウ先生が気づかってくれたけど、わたしは首を横に振った。今は何も食べたくない。

ネコたちがステンレス製の器に顔をつっこんで、一心不乱にキャットフードを食べている。「野蛮な晩餐会」という言葉が、ふっと頭にうかんだ。

「立ってないで、そこにすわれば？」

ぼんやりとネコたちをながめていたら、コウ先生がわたしの横に立っていた。二つのマグカップをテーブルに置き、先にソファーに体をしずめる。

「さあ、どうぞ」

コウ先生は向かいのソファーを指さした。

「……ごめんなさい」

「えっ」

「今日、先生がうちに来ること、わかってたのにサボって。それに……」

わたしはうつむいて床を見つめた。

さっきまで警察署にいた。

そこで、エリサちゃんという五歳の女の子を図書館からつれだした件で、あれこれ聞かれた。

ほどなくして、お母さんとコウ先生がやってきた。

お母さんは「うちの娘が……万里が……」と放心状態になってつぶやいたかと思うと、いきなりわたしの肩をつかんではげしくゆすった。

「誘拐ってどういうことなの？　何かのまちがいよね？　ねえ、そうでしょ？　お願い、万里ちゃん、うそと言って。ねえ！」

泣きくずれたお母さんを見て、女の子がわっと泣きだした。

「おねえちゃんは悪くない！　エリサが絵本を読みたいって言ったからいけないの。ミルクパンケーキを食べたいって言ったからいけないの。だからエリサが悪いの！」

エリサちゃんのお母さんが「あなたのせいじゃないわ」と言って、女の子を抱きしめた。

すると、女の子はお母さんの手をパンッと払いのけた。

「ママだって、エリサをおいてどっかに行っちゃったじゃない！　だから、ママが悪い！」

唖然とする女の子のお母さんに、年配の警察官がたずねた。

「お母さん、お子さんをおいて、どこかへ行かれたんですか」

「あっ、いえ……」

「お子さんもこう言ってることだし、この件は穏便にすませたほうが、おたがいのためじゃないでしょうかね」

「………」

警察署を出ると、外は暗くなっていた。

コウ先生がお母さんにたずねた。

「ちょっと、万里ちゃんと二人きりで話してもいいですか」

突然の提案を、お母さんはうつろな表情で受け入れた――。

「本当にごめんなさい」

わたしは向かいのソファーにすわっているコウ先生に頭を下げた。

「だから、いいって。今日のことはオレにも責任があるし」

「先生は何も悪くありません。全部わたしが……」

「弁論(べんろん)大会のスピーチ原稿(げんこう)だよ。あのとき、強く言いすぎた」

「…………」

「原稿(げんこう)はどうした？　書けたの？」

わたしは首を横に振(ふ)った。

「いろいろ考えたけど、やっぱり書けなくて……。それで代表を辞退したんです。でも、お母さんをあんなにがっかりさせるなら、期限をのばしてもらってでも書けばよかった」

「……そうか」

コウ先生は息をはくと、太ももにひじを置いて身を乗りだした。

「万里ちゃん」

「……はい」

「きみが作文を書けなかったのは、お母さんが期待することと、自分がやりたいことの区別がついていないからじゃないかな」

「でも……」

「親の顔色ばかり気にしていると、将来、面倒なことになるかもしれないよ。たとえばこんなふうにね」

コウ先生は指をパチンと鳴らした。

次の瞬間、目の前が真っ暗になった。意識が遠ざかっていくような感覚がしたと思ったら、不意に周囲が明るくなって人の気配がした。

紺色のスーツに身をつつんだ、顔色のさえない女性がいた。

場所は夜のオフィス。女性はうずたかく積まれた書類にかこまれて、パソコンのキーボードをカタカタ打っている。

（この人は、だれ？）

どこかからコウ先生の声が聞こえてきた。

「これは万里ちゃんの十年後の姿だ。お母さんのすすめで、有名企業に就職。これまで、お母さんの期待にこたえて、喜んでもらうことに価値を見いだしてきたきみは、会社でも自分がやりたいことより、上司に喜んでもらうために働いている」

オフィスの窓から見える景色が、夜から朝にかわっていく。

目の下にクマをつくった未来のわたしが、徹夜で完成させた書類を上司に差し出す。ところが、その上司は口をゆがめて未来のわたしをしかりつける。

「最初は順調だったきみも、たくさん仕事をまかされて、目のまわるようないそがしさになる。ミスが増えて、たびたび上司にしかられるようになり、そうこうしているうちに、きみの中に、ある思いがわいてくる……」

未来のわたしが肩を落としてデスクにもどっていく。ふと足を止めて、ひと言つぶやく。

「わたし、なんのためにこんなつらい思いをして働いてるんだっけ？」

わたしはいたたまれなくなって、目を閉じた。

再び目を開けると、イメージが切りかわっていた。

どこかのレストラン、いや、居酒屋だ。未来のわたしが同僚とテーブルをかこんでいる。楽しげな雰囲気の中、未来のわたしだけ暗い顔をしている。

「一方、きみの仲間はいきいきと仕事をして、将来の夢を語っている。そんな彼らを見たきみは、自分に夢がないことに気づく。いったい、なぜこうなってしまったのか。きみは自分自身に問いつづけたすえに、ひとつの結論に行きつく。それは……」

イメージが切りかわった。

未来のわたしが年老いたお母さんをつきとばして叫ぶ。

「ばかやろう！　こうなったのは、あんたのせいだ！」

これが未来のわたし？　そんな……そんな……。

「こんなのゼッタイにいやっ！」

自分の叫び声で意識がもどった。ハッとして周囲を見渡す。

「やだ、わたし……」

なんだろう。夢を見ていたのかな。

ここはコウ先生のお店。でも、目の前にいたはずの先生の姿はない。あまいかおりがするけど、なんだろう。

「おまたせ」

コウ先生が三段重ねのパンケーキを持ってキッチンから出てきた。

「夕飯のメニューにはあんまりふさわしくないけどね」

わたしはテーブルの上に置かれた焼き色のきれいなパンケーキを見つめて、「もしかして、これ、ミルクパンケーキじゃ……」とつぶやいた。

「そう。パンケーキじゃなくて、ミルクパンケーキ。生地にコンデンスミルクをまぜてみた。さめないうちにどうぞ」

わたしは、まあるいミルクパンケーキをナイフで三角形に切りとって口に運んだ。こっくりとしたバターの味。メイプルシロップとコンデンスミルクがまざりあい、口の中にやさしいあまさが広がる。

「ああ、おいしい」

思わず言葉がもれた。

本当においしいものを食べると、自然と口もとがゆるむ。絵本の主人公、リコリスがつくったミルクパンケーキも、こんな味だったのかもしれない。

夢中になって食べていたら、コウ先生がわたしの名前を呼(よ)んだ。

「万里(まり)ちゃん。大事なのは親を喜ばせるよりも、自分のやりたいことを見つけることだよ」

わたしは半月のような形のミルクパンケーキを見つめて、「わたしにできるかな」と言った。

コウ先生がうなずいた。

「うん、いつかきっと」

9 わたしの未来

初雪の降る朝、妹の陽菜が通っている中学校の文化祭に行った。

わたしの母校でもあるこの学校に来るのは、卒業式以来だった。ひさしぶりに見る校舎は、あのころと何もかわっていなくて、そこが逆に新鮮だった。

美術室に入った。壁ぎわに油絵作品がならんでいた。

「みんな、うまいね。陽菜のはどれなの」

「こっちこっち」

陽菜が机に置かれた冊子をつかんだ。

「ウチの作品はこれ。マンガ描いたんだ」

「『にっちもさっちもヨロレイホー』って、なにこれ?」

「まあ、読んでみてよ」

わたしはページをめくった。

それは中学生の女の子が主人公の四コママンガだった。学生手帳に書いてある奇妙な校則や、校舎の裏手に生えたキノコの話など、日常のできごとを描いている。きっと陽菜の体験談だろう。

「どうだった？」

「うん、おもしろかったよ」

「ホントッ!?」

「正直に言うと、すごくおもしろいのと、ぜんぜんおもしろくないのがあった。全体的に絵はうまいんだけど、オチがイマイチかな」

「たとえば？」

「給食の献立の話。唐揚げは肉のかけらが歯のすき間にはさまるからイヤだって話で始まってるのに、なんで鼻から牛乳をふきだしたところで終わってるの？　だったら、全部の歯に、肉のかけらがはさまってる絵で終わったほうがよくないかな」

「なるほど、さすがおねえちゃん！　じゃあ、そこだけ直してコンテストに送ろっと」

「コンテスト？」

「うん、四コママンガグランプリっていうコンテストがあって、優勝すると雑誌に掲載されるんだ。プロのマンガ家への登竜門ってヤツ？」

「えっ、陽菜って、マンガ家をめざしてるの？」

「そうだよ。今ごろ知った？」

「う、うん」

「ウチがマンガ家になったら、おねえちゃんはストーリーを考えてよ」

「えっ？」

「だっておねえちゃん、昔よく紙芝居をつくってたじゃん。あれ、ホントにおもしろかったよ」

「そうかな」

「マンガで一攫千金ねらえるかもよ」

「またまたまた」

マンガの原作者か。悪くないかも……。

でも、もっといろんなものを見て、聞いて、触れて、将来の夢を決めたい。

わたしに何ができるんだろうって思い悩むより、挑戦しながらゆっくりと夢を育てていきたい。

だって、将来の夢って、それくらい大事なものだと思うから。

親の敷いたレールからはずれるのには勇気がいるけれど、無数の道と、そこに広がる思いがけない景色に出会えることを、わたしは今、楽しみにしている。

「ところで、陽菜。わたし、このごろ歯ぎしりしてる?」

「歯ぎしり？　ああ、そういえば聞こえてこないなあ。つーか、おねえちゃん、やせたよね」

「えっ、そう？」

チャイムが鳴った。陽菜が時計を見て叫ぶ。

「あっ、もうすぐスポンジ投げタイムだ！　水につけたスポンジをいちばん遠くまで投げた人は、パティスリー・カズのクッキーをもらえるんだよ」

「え～やりたい、やりたい！　陽菜、行こう！」

「うんっ！」

将来の夢の前に、まずはクッキーだ。わたしは妹と先を争うように廊下に出た。

解説

臨床心理士 鈴木晶子

今は不安定な時代だからこそ、親も自分の将来に不安があって、わが子の進む方向を決めるためにレールを敷きたがるのかもしれません。けれど、親の敷いたレールがいつまでも正しいわけではないのが現実です。親の敷いたレールを歩いていては、子どもは本当の意味で自立することができません。

これからを生き抜くために三つの心得を覚えておきましょう。

◎自分のことは自分で決める

着る服や日々の勉強、進路にいたるまで、親が世話をしようとするかもしれません。でも、自立していくために大切なのは、自分のことは自分で決めること。（親ではなく）自分がどうしたいのか、自分の気持ちに気づき、自分で決められるようになりましょう。これまで、親の言うことに従うことが多かった人には難しいかもしれませんが、まずは食べるものや着る服、休日の過ごし方など、日常的なことから始めてみましょう。

◎親を喜ばせることをやめる

自分がそれをしたいからやっているのか、親の喜ぶ顔が見たいからやっているのか、わからなくなっていませんか？

今一度、だれのためにやっているのか、じっくり考えてみましょう。もし、親を喜ばせるためだとしたら、あえてやめてみることも大切です。自分のためにやることを増やしていきましょう。

◎自分の時間を大切にする

あいた時間を親の期待にこたえるために使いすぎていませんか？

勉強もいいけれど、自分の興味や関心を伸ばしたり、ゆったりとしたりする時間も、自分を育てるためには大切です。自分が何をしたいのか、どう過ごしていると心地よいのか、自分の気持ちを見つめながら、自分の時間を大切にしていきましょう。

いちばん近くて遠い空

～わたしと兄～

みうらかれん

1　兄

天気予報がまたはずれた。

曇りだと言っていたのに、今朝の空はにくらしいくらいの晴れ模様。

わたし、前之園小雪は、高校の真新しい制服に袖を通して、鏡の前で小さく息をついた。本当は、わたしが着るのはこの制服じゃなかったはずなのに、なんて、もう何度目になるかわからない、卑屈なことを考えながら……。

「おっ、小雪、今日から高校生なんだよな。制服、似合うじゃん」

制服姿でリビングに移動するわたしを見て、だらしないパジャマ姿のまま、能天気にそんなことを言ったのは、わたしが今、この世でもっとも嫌いな相手――三つ年上の兄、前之園晴輝。ある意味、わたしがこの不本意な制服を着ている原因でもある。

わたしの高校生活は、そんなゆううつな朝から始まった。

❖

兄とわたしは、幼いころからまったく似ていなかった。

兄はとにかく社交的で人見知りしなくて、天真らんまん。問題をおこすことがあっても、その名前のとおり晴れやかな笑顔を向けられると、不思議とにくめない。そんなタイプ。

わたしは——自分では普通のつもりなのだけど——まじめでおかたくて、融通がきかない……らしい。勉強は得意で運動は苦手、典型的な優等生タイプ。

両親はどちらかというと、兄と同じ明るいタイプ。特に父と兄は、顔も性格もそっくり。わたしはどうやら、口ベタできまじめだった亡き祖父に似ているらしい。

だから、家族の中心は、いつも兄。わたしの誕生日に撮った写真だって、ぎこちない笑顔のわたしより、隣で満面の笑みをうかべる兄のほうが目立っていたくらいだ。

忘れもしない、あれは小学四年生のとき。苦手だった算数のテストで、はじめて百点をとった。勉強は得意だったけれど、算数だけはどうしても苦手で、それまでは、どんなによくても九十九点だった。だからテストが返却された日、わたしは意気揚々と帰宅した。

その夜、わたしは仕事から帰ってきた父に、一目散にかけよった。

「あのね、お父さん、今日、学校で——」

わたしが言いかけたとき、父が「あっ」と大きな声を出して、兄のほうを見た。

「晴輝、こないだ理科のテストがあるとか言ってただろ。あれはどうだったんだ？」

「うわ、覚えてたのか。ちぇっ」

そう言って兄が差し出したテストの点数は、二十五点。お世辞にもいい結果とは言えない。

父は、兄の答案用紙をながめて、「……おまえな。テストは大喜利じゃないんだぞ」とあきれ顔でつぶやいた。でも、よほど兄の答案がおかしかったのか、途中からその表情はゆるんでいって、最終的には大声で笑っていた。

「まったく、どっからこんな答えが出てくるんだ！　ほんっとに、おまえはおもしろいな！」

「へへ」

兄は白い歯を見せて、してやったりと言わんばかりの顔で笑う。なぜかにくめないと評判の兄の笑顔。

「あの……お父さん、わたしも、テストが……」

ひとしきり父が兄のテストで笑い終えたあと、わたしはおずおずと百点の答案用紙を差し出した。

父はわたしの答案用紙にきざまれた百点の数字をちらっとだけ見て、にこっと笑う。

「小雪は相変わらずよくできてるな。えらいぞ」

父の大きな手が、わたしの頭をなでた。

兄は「やっぱ小雪すげー。俺の妹とは思えねー」とぼやいて、母は、そんな兄に「のんきなこと言ってないで、あんたも小雪を見習って勉強しなさい」とあきれながらつっこむ。

みんなからほめられて、まちがいなくうれしいはずなのに、なんだか微妙な気分だった。幸せな家族団らんの一場面に立っているはずなのに、まるで自分だけ一人きりでいるようで。

(相変わらず、じゃないよ。わたし、算数で満点とったの、はじめてだよ)

満点の答案用紙を持って立ちつくしたリビングの隅、笑いあう両親と兄に、どうしてもわたしはその言葉が言えなかった。

2 中学時代

幼少期(ようしょうき)から兄と自分が似ていないとは思っていたし、兄をうとましく思うことも何度かあったけれど、もともとは、兄のことが嫌(きら)いというわけじゃなかった。いつも明るく前向きな兄は、たよれる存在(そんざい)でもあったし、わたしが落ちこんでいると、なんとか笑わせようとしてくれるやさしい兄でもあった。

その天秤(てんびん)が「嫌(きら)い」にかたむき始めたのは、中学に入ったころだった。

兄もわたしも同じ地元の公立中学に進学したのだけど、年の差が三つだから、ちょうど兄が卒業したあと、入れかわりにわたしが入学したことになる。

そして、中学に入ったわたしを待っていたのは、呪(のろ)いのようなある言葉だった。

「前之園(まえのその)って、晴輝(はるき)の妹だよな」

先生はもちろん、事務員のおじさんから先輩まで、新入生以外のありとあらゆる人が、みんな兄のことを知っていた。

理由は簡単なことで、兄が生徒会長をつとめていたからだ。しかも兄は、ものすごく目立つ生徒会長だった。

歴代生徒会長の中で、もっとも成績が悪いくせに、もっとも人気のあった、伝説の生徒会長。兄は、そんな名誉だか不名誉だかわからない称号を持っていた。

わたしがその妹だとわかると、みんな、口をそろえて兄のことを話し始める。中には、「晴輝は困ったやつで」と苦笑いする人もいたけれど、結局は、「晴輝はおもしろくていいやつだった」というのが話の着地点になる。

そして、かならずと言っていいほど、つけたされるひと言があった。

「妹さんは、あんまりお兄さんと似てないね」

その言葉に、決して悪意はなかったと思う。実際、わたしと兄は似ていないし、相手は思ったままのことを、なにげなく口にしただけ。

でもきっと、そういう人たちにとって、わたしは、「前之園小雪」じゃなくて、「前之園晴輝の妹」だった。

それを特に強く感じたのは、中学校に入学してすぐの春、部活決めのときだった。

その日は、下校する一年生を部活見学にさそおうと、たくさんの先輩たちが校門のあたりに立っていた。熱心に勧誘する声が、右からも左からも飛んでくる。

わたしはこういう雰囲気は苦手だし、顔をふせてこっそり通りすぎるつもりだったのだけど、パワフルな運動部の先輩たち――特にテンションの高い女の先輩たちからは、もちろん逃げられるわけもなく。

「あっ！　一年生の子だよね！　今、陸上部の見学会をやってるんだけど、よかったら見学だけでも――ん？　前之園？」

わたしの名札を見た陸上部の先輩が、一瞬、目を丸くして、そのあと、ぱあっと明るい表情になった。

「もしかして、晴輝先輩の妹さん!?」

兄は元陸上部だ。昔からスポーツは得意だったから、部活ではなかなかの活躍をしていたし、ムードメーカーとしてもすごく人気があったらしい。

「前之園って名字、やっぱりそうだよね!?　そういえば卒業前に、来年、妹が入学するとか言ってたし！　晴輝先輩の妹さんでしょ!?」

人ちがいです、と言うわけにもいかず、わたしはあいまいな笑顔でうなずいた。あとはもう、「兄がお世話になっていたようで」と、しどろもどろになりながらつぶやいて、うつむくばかり。

こういうとき、もっとありふれた名字だったらよかったのにと思う。顔も性格も似ていないんだから、もし名字が田中とか山田なら、兄妹だと気づかれたりしないはずなのに。

わたしの思いとは裏腹に、わたしのまわりには、男女を問わず、たくさんの上級生が集まってきた。まるで、「晴輝先輩」という言葉に引きつけられたみたいに。

「ね、ね！　晴輝先輩の妹さんだって！」

「うっそ、マジで!?」

「晴輝先輩、よく妹は俺とちがって優秀だとか言ってたよね」

「でも、晴輝先輩がお兄さんとか、うらやましくない？」

「あー、言われてみれば、目もととか似てる系？」

「でも、晴輝先輩の妹さんにしては、なんか……」

「ちょっと、余計なこと言わないの！　そういうの、マジで失礼だから！」

「いやいや、何も言ってないじゃん！　そっちのが失礼でしょ！」

何人もの上級生がわたしの前でわいわいと盛り上がる。その空気に圧倒されて、わたしはただ黙りこんでうつむいていた。

でも、今、自分が何を言われているのかは、よくわかっている。

（晴輝先輩の妹にしては、地味だよね）

要するに、そういうことだ。運動部なんて最初から考えていなかったけど、こういうノリを目の当たりにすると、ますますいやになる。

「あ、あの、わたしは兄とはちがって、運動、苦手なんで……。だから、その、陸上部に入るつもりは……ごめんなさい」

なんでわたしがあやまらなきゃいけないんだろう。心の片隅でそう思いながら、小さく頭を下げた。

陸上部の上級生たちは、顔を見合わせて気まずそうに苦笑いをする。

「あー、うん。こっちこそ、変にテンション上がっちゃってごめんねー。晴輝先輩によろしくね！」

もう一度、頭を下げて、わたしがそそくさとその場を立ち去ろうとしたとき、だれかがこっちに向かってものすごいスピードで走ってきた。人影は、わたしの真横を走り抜けて、陸上部の部員たちの前で立ち止まる。

「陸上部の先輩ですよね!?　あたし、入部希望の一年なんですけどっ！」

半分だけ振り向いたときに見えたのは、はじけるような明るい笑顔。

それが、あの子だった。

3 八つ当たり

それからの中学二年間は、特に大きな問題もなくすぎた。クラスでも地味なポジション。部活も美術部。好きなイラストを描きながら友だちとおしゃべりするだけの、おだやかな時間をすごした。

陸上部のあの子——向井玲奈とはじめて同じクラスになったのは、三年生のときだった。だけど、それまでにも彼女のうわさはよく耳に入ってきた。

成績は特に可もなく不可もなくだけど、運動神経は抜群。ふだんは、おもしろいことを言ってはみんなを笑わせたり、てきぱきとみんなを仕切ったり、たまに先生にかみついてみたり。彼女はいつでも学校やクラスの中心だった。

よくも悪くも目立つ生徒。彼女は、兄のように生徒会に入っていたわけじゃなかったけど、きっと兄も、学校ではこんな感じだったんだろう。

　三年生になって、進路を考える時期になった。わたしの志望校は、近くの公立高校の中ではいちばん偏差値の高いトップ校。わたしのとりえは、ちょっと人より勉強ができることくらいだったから、深く考えることもなく、自然と選んだ進路だった。

　でも当然、頭のいい人ばかりが受験するんだから、トップ校に合格するのは、決して簡単なことじゃない。わたしはしょせん、井の中の蛙だ。いくら通っている中学では上位の成績でも、公開模試になれば、そうはいかなかった。

　わたしが受験前でピリピリし始めるのと対照的に、当時、高校三年生だった兄は、相変わらず気楽なものだった。大学受験をひかえていたのに、特に勉強に打ちこんでいるわけでもなく……。友だちと遊んだり、アルバイトをしたり、いつもどおりにちゃらんぽらんで、楽しそうだった。むしろ受験前のほうが、ふだんよりも楽しそうだったくらい。

「今しかない青春を謳歌しないとな！」

兄はそんなことを言って、学校帰りに友だちと遊んでくることもしょっちゅうだった。いくら偏差値が高い大学をめざしているわけじゃないといっても、一応、入試はあるのに。何度か母にも「お兄ちゃん、あれで大丈夫なの？」とたずねてみたけれど、「まぁ、晴輝はああいう子だから」と苦笑いが返ってくるだけ。

「その点、小雪はしっかり者だから安心だな」

父がそう言って、兄に似た豪快な声で笑うたびに、わたしのいらだちはつのるばかりだった。

❖

学校で小さな事件がおこったのは、そんなある日のことだった。

自習時間に、どうしてもわからない数学の問題があった。早く答えを見てしまえばよかったのに、なぜか変なプライドがじゃまをして、休み時間になっても、わたしはずっと問題集に向かっていた。

ちょうどそのとき、近くで向井さんと何人かのクラスメートが話している声が耳に入ってきた。

「ね、ね！　知ってる？　駅前に新しいゲーセンができたんだよ！　今度の休み、一緒に行こうよ！」

「あー、ごめん。塾あるからパス……っていうか、玲奈は受験とか大丈夫なわけ？」

「さぁ？　偏差値的にはギリギリっぽい感じ？」

「そのわりには余裕ありすぎじゃね？　大丈夫なの？」

クラスメートの問いかけに、向井さんは明るい声でこたえた。

「わかんない！　でも、中学生活は今しかないんだから、楽しまないと！」

その瞬間、ペンを持つ手が思わず止まった。ちらりと盗み見た向井さんの横顔は、とても晴れやかで、なんの迷いも感じられない。

前向きなところも、足が速いところも、明るいところも、楽しそうなところも。いつもいつも、みんなの中心にいるところも。わたしとは正反対で——本当に、兄にそっくり。

「ねぇ、静かにしてくれないかな!?　こっちは勉強してるんだよ!?」

気づいたら、わたしは向井さんに向かって大声で叫んでいた。

向井さんは目を丸くして、「えっ、ごめ……え?」と困り顔になる。にわかにざわつくクラスメートたち。「どうしたの?」とか「休み時間なのに」とか、非難というよりは、困惑の声があちこちから聞こえてくる。

授業中ならともかく、休み時間なんだから、友だちと楽しくおしゃべりしていても、何も悪いことなんてない。むしろ、休み時間まで問題集を開いているこっちのほうがおかしい。

つまり、ただの八つ当たり。

わたしはすっかりバツが悪くなってうつむいた。

幸い、そのあと、特にいじめられたりはしなかったけど、残りの中学生活のあいだ中、わたしは気が気じゃなかった。腫れ物をさわるようなまわりの気づかい、もしかしたら、陰では何か言われているんじゃないかというたがいの気持ち、迫る受験日、下降線をたどる成績。

いろんな不安が渦巻いて、わたしはどんどん追いこまれていった。

自宅で部屋にこもって勉強しているときも、リビングのほうから家族の笑い声がかすかに聞こえてくるだけで、一気に集中が途切れる。兄が何か言って、それに両親が笑う。よくひびく父の笑い声。にぎったシャープペンの芯が、パキッと小さな音を立てて折れた。

そして、迎えた中学三年の終わり。わたしは、「下降気味の今の成績を考えると、少しむずかしいのではないか」と先生に言われていたトップ校を、なかばやけになって受験した。

(あ、これ、ダメだったかも)

受験当日、試験が終わってペンを置いた瞬間にぼんやりと覚悟していたことは、現実になった。

4 高校生活

わたしが第一志望の高校に落ちたことを、家族はだれも責めなかった。

母は言った。

「お母さんは、偏差値とか関係なく、こっちの学校の雰囲気のほうが、小雪には合ってるって思うわ」

父は言った。

「小雪、人間はな、成績や学歴じゃないぞ。他人に対するやさしさや、人柄のほうがずっと大事なんだ」

たぶん、しかられたり、とがめられたりしたら、わたしは泣いていたと思う。でも、こうやってなぐさめられるほうが、ずっと傷ついたのは、なぜだろう。

人間は、成績じゃなくて、人柄。

……それって、わたしもお兄ちゃんみたいに、勉強はできなくても、明るくて社交的な子ならよかったってこと？

喉もとまで出かかった言葉が、あきらめと一緒に胸の奥へしずんでいった。

「つーか、すべり止めとか言っちゃってるけど、俺の高校より圧倒的に偏差値高いしなー。小雪なら、大学受験で余裕でリベンジできるって。小雪がマジで努力してたのはみんな知ってるしさ――」

とても皮肉なことに、落ちこむわたしをだれよりもなぐさめようとしてくれたのは、ほかでもない兄だった。

❖

そんなわけで、この春から、わたしは着たくもなかったブレザーの制服を着て、来たくもなかった高校に通っている。通学路のなだらかな坂道の右手には、むかつくくらいきれいな桜並木が見える。

ひらりと花びらを散らす桜をうらめしくあおぎ見た瞬間、「前之園さん！」と、背後から声がした。わたしが振り向くより先にわたしに追いついて、隣でにっと笑ったのは、わたしと同じ制服に身をつつんだ向井さん。

わたしがすべり止めで受けていた第二志望の高校は、彼女の第一志望だった。これもまた皮肉なことに、彼女は今、同じ高校の同じクラスに所属するクラスメートだ。

「おはよ！」

「……おはよう」

「今日もいい天気だね。教室まで一緒に行こ！」

なぜか向井さんは、入学以来、ずっとわたしにつきまとってくる。わたしはそっけない態度をとっているはずなのに、登下校中も休み時間も、タイミングを見つけては、めげずに話しかけてくる。

同じ中学からこの高校に進学した人は少ないから、少しでも知っている相手に声をかけようというのは、まぁ、理解できる。だけど、こっちはほんの数か月前、彼女に八つ当たりをした相手だ。それに、高校でも相変わらず人気者の彼女には、わたし以外にいくらでも話す相手はいるはずなのに。

「しかし、まさか前之園さんと一緒の学校に行けるとは思ってなかったよ。あたしは、ほら、ここが第一志望だったんだけど、ほんとギリギリだったからさ。前日にやった問題が、入試のときに偶然出たの。マジで奇跡だったんだよ」

「……そうなんだ」

第一志望の入試で、苦手なところばかり出題されたわたしと真逆だ。いくらこつこつ努力していたって、こういうちょっと要領や運のいい人たちが、簡単にわたしを飛び越えていく。そして、兄や向井さんみたいな人が、人生の勝ち組になっていくんだろう。

「でも、前之園さんと同じクラスになれるなんて、さらに奇跡だよ。あたしの高校生活、さいさきいいなぁ」

そう言って笑った彼女の横顔は、やっぱり兄にそっくりだった。

5 実行委員

入学から、しばらくたったある日、終わりのホームルームがやけに長引いていた。

「今度の球技大会の実行委員、だれかやってくれるひとー？」

先生が何度つのっても、教室のどこからも手はあがらない。妙な自己顕示欲の強い子どものころならまだしも、高校生にもなって、そんな面倒なだけの雑用を引き受けたい人なんているわけない。

もうじゃんけんで決めたらいいじゃん、とだれもが思っていただろうけど、先生が「自主性をうんぬん」というむだな熱血理論を振りかざすせいで、そうもいかない。

早くだれかやってくれないかな……。

思わずあくびをしかけたとき、だれかがわたしの背中にとんと触れた。

反射的に振り向くと、そこにすわっているのは、この前の席替えで、わたしの後ろの席になったばかりの向井さん。

「ねぇ、前之園さん」

彼女は身を乗りだして、小声でわたしに呼びかけた。わたしの「なに？」という短い返事も待たずに、彼女はにこっと笑って言った。

「一緒にやらない？　実行委員」

「……へ!?」

「よし決定。あたし、前之園さんと一緒にやりまーす！」

「え、な、ちょ！　待っ……えぇ!?」

向井さんにつかまれたわたしの手が、高々とつき上げられた。勝手につながれたわたしと向井さんの二本の手があがり、クラス中から拍手喝采。もうことわれる雰囲気じゃなくなっている。

「おー、向井と前之園か。ありがとう。じゃあさっそく、選手決めの司会と書記、よろしくたのむな」

わたしは向井さんに手を引かれるまま、気づいたら席を立ち、黒板の前につれだされていた。困惑したまま、その場に立っていたら、はじけるような笑顔の向井さんに、チョークを手渡された。

「あたし、司会やるから、前之園さんは板書担当、よろしくね！」

いったい、なんでこんなことになったんだろう……？

難航した選手決めを終えた放課後。板書したメンバー表を自習用のノートに書き写しながら、もう何度目かわからない自問に、ため息でこたえた。

実行委員といっても、選手決めのときの司会や書記、簡単なメンバー表プリントの作成、球技大会当日の雑用をやるくらいで、それほどたいした仕事があるわけじゃない。高校では今まで以上に勉強に打ちこむつもりで、部活にも入らなかったから、それくらいの時間はある。

とはいえ、だれが好きこのんで、こんな面倒なことをするもんか。人前に立つのも、運動するのも、嫌いなのに。

そんなわたしを巻きこんだ当の向井さんはといえば、ノートにメモをとるわたしの隣で、上機嫌に校内の自販機で買ってきたジュースを飲んでいる。

「いやー、女子のバレーが決まらなくて長引いたけど、無事に決まってよかったねー。あっ、悪いんだけど、みんなに配るメンバー表の作成、たのんじゃっていい？　前之園さん、字もきれいだし、今、メモとってるそのノート、そのままコピーとって配る感じでいいからさ」

「それは別にいい……けど」

わたしは手を動かしながら、なるべくさりげないふうをよそおってたずねた。

「でも、向井さん、なんでわたしと一緒にやるなんて言ったの？」

「えっ？　だって、一人でやるのってつまんないじゃん？　だれかと一緒にやったら、きっと楽しいと思って。前之園さんと、もっとしゃべってみたかったし」

わかるような、わからないような返事だった。でも、うまく話を続けられる気もしなかったので、わたしは黙ってメモをとることに集中した。

わたしがメモをとり終えると、向井さんは「お疲れ」と言って、わたしに缶コーヒーを手渡してきた。いつの間に、わたしのぶんまで買ってきていたんだろう。

「前之園さん、コーヒー、好きなんでしょ？」

「えっ？　なんで知ってるの？」

「よく休み時間に飲んでたじゃん。見てたもん」

……そんなこと、よく見てるなぁ。

「ありがとう。いくら？」

わたしがカバンから財布を取り出そうとすると、向井（むかい）さんが笑顔でそれを制する。

「いーのいーの。あたしのおごり」

「いいよ、別に。百二十円くらい払（はら）う」

「まぁそう言わずに。あたしの気持ちだから」

「いいってば。貸し借りとか、嫌（きら）いだから。特にお金のことは」

「なんか押（お）し売（う）りみたいで逆に悪い感じになっちゃうじゃん。貸し借りじゃなくて、巻（ま）きこんじゃったおわびとお礼なんだけどなぁ」

ぼやく向井（むかい）さんに、なかば無理やり百二十円をにぎらせた。

向井（むかい）さんの困（こま）ったような笑顔を見て、ふと思う。

こういうとき、兄ならきっと、「やったー、サンキュー！」と言って、笑顔で缶（かん）コーヒーを受け取るんだろう。そうしたほうが、相手だってきっとうれしいはずだ。

頭ではわかっている。だけど、そんな簡単なことが、わたしにはできない。

「前之園さん、どうしたの？　あれ、微糖じゃなくてブラック派だった？」

「いい機会だから言うんだけどさ」

わたしはコーヒーの缶をぎゅっとにぎって、向井さんにあらためて向きなおった。

そして、少しゆれる声でたずねた。

「今回のこともそうだけど、なんで、わたしにかかわろうとするの……？」

一瞬、目を丸くした向井さんは、何度かまばたきをして、心底不思議そうに言った。

「えっ？　おもしろいからだけど？」

まるで「1たす1」の答えを言うように、あっさりと。

「いやぁ、前々から思ってたんだけど、前之園さんって、おもしろいんだよね。みんな気づいてないけど、あたしに言わせりゃ、もったいない」

「は、はぁ……」

わたし、おもしろいってキャラじゃないと思うんだけど。

「だから、あたし、前之園さんのこと、好きだよ」

「え、あ……あ、り、がとう……？」

「でも、前之園さんは、ちがうんだよね」

向井さんは、そう言って、いつになく真剣な顔でわたしを見つめた。

「前之園さんは、あたしのこと、好きじゃないんだよね」

ぴしゃりと言われて、押し黙る。

「あたし、何か嫌われることしたかな？　もししたなら、ちゃんと知って、あやまりたい。してないなら、嫌われてる理由が聞きたい。教えてくれない？」

あまりにもまっすぐな言葉とゆるぎない瞳。

直感的に、逃げられないと思った。

明るくてやさしくて、みんなから好かれている彼女のことが、気に入らない理由。

そんなの、出会ったあの瞬間から、たったひとつしかない。

「……似てるの。兄に」

観念してそう言った瞬間、胸の奥からふつふつといろんな感情がわきだしてきた。

「わ、わたしの兄は、わたしとは、正反対で……。あ、兄も、向井さんも、勉強は苦手なのに、スポーツはできて、社交的で明るくて……。自然に気がきいて、いっつも、みんなの中心にいて、楽しそうで……、ど、努力とかしなくても、なんか、いろんなことがうまくいって……、みんなに好かれてて……」

自分では制御できないくらい、声がふるえていた。

「わ、わたしは、兄とか、向井さんみたいに、なれないし……つまり、その……」

完全に八つ当たりだ。彼女に対しても——兄に対しても。向こうはちっとも悪くないのに、こっちが勝手に嫉妬して、嫌ってるだけ。そんな自分がますますいやになって、また兄や彼女と自分を勝手に比較して。

どんどん嫌悪のスパイラルにおちいって、抜けだせなくなる。

「……ごめんなさい」

わたしは小さな声で言った。向井さんは神妙な顔で黙りこんでいる。

気まずい沈黙を裂いたのは、ヴヴヴ……という場ちがいな音。わたしのスマホのバイブ音だった。

見れば、届いていたのは、ほかでもない兄からのメール。

From：前之園晴輝
件名：今日帰り
本文：新発売のアイス買って帰る。小雪のぶん、ラズベリーとブルーベリー、どっちがいい？

どうでもいいよ、そんなこと。こんなタイミングでそんななぞの気づかいとか、いらないってば。いちいち連絡してくんな、バカ。

やさしくされればされるほど、嫌いになる。兄のことも——自分のことも。

「……ほんっと、大嫌い」

メールを見て、そうつぶやいた。向井さんはそんなわたしを見て、髪の毛を指先でもてあそびながら、ぼんやりとこぼした。

「……上ならいいじゃん」

わたしが「えっ?」と聞き返しても、向井さんはそれ以上何も言わなかった。ただ、どこか遠いところを見つめて、ぎゅっとくちびるをかんだ。

6 ミスプリント

わたし、なんであんなこと、向井(むかい)さんに言ったんだろう。

それに、向井(むかい)さんが言いかけたのって、なんだったんだろう。

次の日の朝、わたしはぼんやりとそんなことを考えながら、職員室のコピー機を借りて、自習用のノートに清書しておいた球技大会のメンバー表をコピーした。

ガー、ガーと規則正しいコピー機の音が、寝(ね)ぼけた頭にひびき渡(わた)る。

ほどなくしてコピーし終えた三十枚(まい)ほどのプリントの束を持って教室にもどった。

わたしは、朝のホームルームをひかえて席に着いているクラスメートたちに、プリントを配布してまわる。

「えっと、球技大会のメンバー表を配ります。本メンバーは決まりましたが、まだいくつか補欠で決まっていないところがあるので、今日のホームルームで、空欄になっているところを――」

そこまで言いかけたとき、最初にプリントを渡した女子が、「ねぇ」とわたしに声をかけた。

「前之園さん、このプリント、メンバー表じゃないよ？」

そう言われて、「へっ？」と自分が配っていたプリントに目を落とすと、そこにならんでいたのは、何問かの数学の復習問題と猫の絵の落書き。まぎれもなく、自分が書いたものだ。

「あっ!?　ご、ごめっ……、わ、わたし、コピーするページ、まちがえて……」

メンバー表を書いたページをコピーして配ったつもりが、うっかりひとつ前のページをコピーしてしまったらしい。向井さんとのことでぼーっとしていて、ろくに確認もせずにコピーしたせいだ。

しかも、授業内容を復習した計算式がならんでいるだけのページならまだよかったのに、よりによって落書きしてあるページなんて。

勉強の合間の息抜きがてら、よくノートやメモ帳の片隅に落書きしている、デフォルメした猫のイラストに、セリフの入ったふきだしをそえた、くっだらない独り言。猫が「必殺、因数分解！」とよくわからない技を繰りだしていたり、「だるい」とぐちっていたり、「田中先生の前世は両生類にちがいないにゃ」とよくわからないことを言っていたり。

……どうしよう。みんな、絶対、引いてる。

この日だけ熱にうかされていて無意識で書いてしまったことにするか、はたまた架空の弟妹にでも落書きされたことにするか——そんな言い訳を考えていたとき、意外な言葉が耳に飛びこんできた。

「なにこれ、おもしろい」

……えっ？

プリントを見たクラスメートたちから返ってきたのは、わたしが想像していた反応とはまったくちがっていた。

「この落書き、超おもしろいんだけど！」

「この絵のかわいさに反して、セリフがシュールとか！　やばい！」

「センス、はんぱないね、これ！」

あれ？　なんか、ウケてる。わたしの落書き。

「前之園さんって、おもしろいよね」

一瞬、何を言われたのか、理解できなかった。

「へっ!?　おもしろいっ!?　わたしがっ!?」

おどろくあまり、大げさなリアクションをとってしまった。それがおかしかったのか、またどっと笑いがおきる。

「やばい、今まで前之園さんって、クールキャラだと思ってたのに、超かわいいんだけど！」

「そういえば、前之園さんって、じつはしゃべってるときもけっこうおもしろいよね。天然系っていうか、本人はなんにもねらってないのが、逆におもしろいっていうか」

なんだかよくわからないけれど、わたしを中心に笑いがおきている。

照れくさくなって、思わず顔をふせた。ほおが熱い。鼻息が妙に荒くなる。なんだか熱にうかされてるような不思議な感覚。

だけど――悪くない気分だ。

ちらりと視線を上げたとき、向井さんと目が合った。

彼女は白い歯を見せてほほえむ。ずっと兄に似ていると思っていた彼女の笑顔が、今までとは少しちがって見えた。

7 友だち

あれ以来、クラスでのわたしの立ち位置は、今までと少しかわった。休み時間になるとクラスメートが、ノートの落書きを見せてとか、勉強を教えてほしいとか言って、わたしのところにやってくるようになった。

そして、何人かの女子からは、いつの間にか、前之園さんじゃなくて、小雪ちゃんと呼ばれるようになっていた。ふと気づいたら、わたしにはたくさんの友だちができていた。

昼休みには、彼女たちと一緒にお弁当を食べて、雑談に花を咲かせる。

「えっ、小雪ちゃん、待って。キクラゲは海のものじゃないから」

「えぇっ!?　うっそ!?　キクラゲって、クラゲの一種じゃないの!?」

「いやいやいや！　キノコだから！　ほら！」

そう言って、友だちがスマホの画面を見せてくる。

幼いころ、兄が「あのな小雪！　キクラゲっていうのはクラゲの一種で、海の中にある木みたいなやつにくっついて成長するからキクラゲっていうんだぜ！」とか、どや顔で話してきたのをずっと信じこんできたわたしは、とんだ赤っ恥をかいた。

でも、みんな笑っている。わたしも照れながら笑っている。

「あー、もー！　やっぱ、バカ兄貴の言うことなんて信じるんじゃなかったっ！」

半笑いで頭を抱えるわたしを見て、一人の友だちが笑いながら不意に言った。

「へー、小雪ちゃんって、お兄さんがいるんだ」

「えっ？」

高校では兄の話をしたことはない。だから、あたりまえの反応なんだけど、なぜか新鮮だった。気づいたらわたしは、ものすごくひさしぶりに、とてもおだやかな気持ちで兄のことを話していた。

「うん。そうなんだ、三つ上の兄。でもさ、わたしとはぜんぜん似てなくてね――」

こんなこと、中学のときにはありえなかった。わたしは昼休みのあいだ中、兄の話で笑いをとり続けた。

みんなに「小雪ちゃんのお兄さん、超おもしろいね」と笑われるたびに、妙に照れくさくて、どこかほこらしい気分になったのは、なんでだろう。

❖

わたしがクラスに打ち解けていくにつれて、向井さんは、わたしにあまり干渉してこなくなった。会ったときにあいさつをしたり、球技大会の件で最低限の会話をするだけ。特に無視されたりはしないけど、前みたいに「ねぇねぇ」と話しかけてきたり、なかば無理やり手をとってきたりはしない。

……なんていうか、ものたりない。

もともとは、こうなることを望んでいたはずなのに。自分から「兄に似ているから嫌いだ」なんて理不尽なことを言ったはずなのに。クラスの子たちと仲よくなればなるほど、学校が楽しくなればなるほど、その輪の中に彼女がいないことが、気になって仕方ない。

今さらなんだ、と自分でも思う。許してもらえるとも思わない。

でも、せめてひと言、どうしても彼女に言わなきゃいけないことがある。

放課後、わたしは意を決して彼女の背中に声をかけた。

「あ、あの、向井さ――」

言い切る前に、彼女は勢いよく振り向いて――あの晴れやかな笑顔で言った。

「やーっと話しかけてくれた！」

「えっ!?」

「押してもダメならなんとやら、って！　でもこれ、ダメだね。待ちくたびれたわ。性に合わない！」

……なんだ。怒ってたわけじゃなかったんだ。

ちょっと気が抜けて顔がゆるんだわたしを見て、向井さんはうれしそうにほほえむ。

「でも、やっぱり、あたしの目にまちがいはなかったね。やっぱ前之園さん、おもしろいじゃん。みんな、夢中じゃん。あたしのつけいるすきがないくらい人気者になっちゃって。あたしがいちばん先に目をつけてたのに。いろんな人に抜けがけされて、困るわぁ」

大げさな口調で言う向井さんが、おかしくて、やさしくて。

わたしは、向井さんの顔をまっすぐ見つめて、小さく息を吸いこんだ。

どうしても、言っておかなければならないことがある。

「あのときは、八つ当たりして、ごめんなさい」

わたしが静かに頭を下げると、向井さんはきょとんとした顔で黙りこんだ。

「あ、えっと……この前のことだけじゃなくて、中学のときのこともふくめてって意味で」

「えっ？ ……あぁ、そっち？ よく覚えてるね、そんなの。あたし、そんな昔のこと、もう忘れちゃった」

向井さんはけらけらと笑う。

はじめて色眼鏡をはずして向きあった彼女は、とてもすてきだった。兄と似ているとか、似ていないとか、そんなことはもう、どうでもよかった。

ただ目の前の彼女と話したい。心からそう思えた。

「ねぇ、向井さん。前に言いかけてた、上ならいいって、どういうこと？」

「いや、あれは別に……」

向井さんは、めずらしく歯切れの悪い返事をした。

ふせられた目の奥には、何か抱えているものがあるような気がして。

だから、わたしは、目をそらさなかった。いつか向井さんがわたしにしたみたいに、まっすぐ彼女を見つめて、じっと次の言葉を待った。

「いやじゃなかったら、聞かせてほしいな……。それで、わたし……、向井さんの、友だちになりたい」

わたしがそうつぶやくと、向井さんはおどろいたように目を丸くしたあと、おどけた調子で言った。

「じゃあ、言ったら、これから前之園さんのこと、小雪ちゃんって呼んでもいい？」

わたしが大げさなくらいうなずくと、向井さんは困ったように笑って頭をかいた。

「いや、でもほんと、たいしたことじゃないんだけど。あたしの家は、小雪ちゃんの家と、逆だってだけで」

「逆？」

「うち、妹のほうができがいいんだよね。たとえば、あたしが小学校のテストで九十点とって帰って、ほめられて喜ぶとするじゃん？　でも、数年後、妹が小学生になったら、けろっとした顔で百点とってくるわけ。で、あたしの顔、丸つぶれみたいな。しかも、こっちは当時にもどれないんだから、よーし次は勝つぞー、とか無理なわけ」

優秀な相手が年上なら、今からもっとがんばれば、相手より上にいけるかもしれない。でも、自分が積み上げたものを、下から越えていかれると、どうしようもない。

向井さんが言っていることの意味は、なんとなくわかる気がした。

……もしかして、うちの兄も、そう感じることがあったんだろうか。

「ま、なんていうか、上は上で、必死なところもあって。だから、自分より勉強できる小雪ちゃんみたいな妹のこと、嫉妬せずに応援してくれるなら、お兄さん、すっごくいい人だと思うよ。あたしなんて、妹に嫉妬しまくりだったもん」

確かに兄は、わたしがテストでいい点数をとって帰ると、いつも満面の笑みで「すげー！」と言ってくれた。自慢の妹だと言わんばかりに。

でも、本当はどうだったんだろう。もし兄が、心のどこかでは向井さんのように感じていたとしたら――？

これまでそんなこと、考えてもみなかった。

「向井さんは……妹さんのこと、嫌い？」

少しかわいた喉から、しぼりだすような声でそうたずねると、向井さんは静かな声でこたえた。

「う～ん。そりゃ、同じような遺伝子を持ってて同じ環境で育ってきたはずなのに、なんでこんなにちがうんだって、むかつくことはいっぱいあるよ。一人っ子だったら、どんなに楽だったかって、よく空想もする。でもさ――」

かみしめるように何度かうなずいて、向井さんは自分に言い聞かせるようにつぶやいた。

「あたし、もう妹に嫉妬（しっと）するの、やめたの。だって、バカみたいじゃん。家族なんて、世界一ちっちゃいコミュニティにとらわれて、あたしの人生、楽しみそこねるなんて。だって、どうせあたしは、あたしの人生しか生きられないんだから」

向井（むかい）さんはそう言ってほほえむと、照れたようにつけたした。

「そもそもこっちは、生まれた日から、あっちのことを見てきてるんだよ。そんな簡（かん）単（たん）に、血のつながった妹のこと、嫌（きら）いになんかなれないっての」

8

青春

——うわぁあ！　ぼくの妹、すっごくかわいい！　フワフワしてて、キラキラしてて、雪みたい！

生まれたばかりのわたしのほおをつつきながら、当時三歳だった兄がそう言った、らしい。別に本当に雪のようだったわけじゃなくて、たまたまわたしが生まれる少し前に、生まれてはじめて雪を見たから、ただ言ってみただけだと思う。

でも、そのひと言が、わたしの名前の由来になった。

今日、向井さんの話を聞いて、急にふっとそんなことを思い出した。

兄や両親は、わたしのことを何もわかっていない。ずっと、そう思っていたけれど。

逆にわたしは、兄や両親の何をわかっているんだろう。

学校からの帰り道、そんなことを思いながら歩いていたら、「小雪(こゆき)！」と聞き慣れた声がした。軽快な足どりでかけよってきたのは、ほかでもない兄。

「うぃっす、お疲(つか)れー。おまえも帰り？　俺(おれ)もちょうど大学の帰り」

「もう？　早くない？」

「ラストの授業、休講だったんだよ」

「いいよね、お気楽な大学生は」

「うっせーな。そのぶん、単位を落とさないかってヒヤヒヤしてんだよ」

「ふーん。お兄ちゃんでも、悩(なや)むことあるんだ？」

「はぁ？　なんだそれ」

「いや、いっつもノーテンキだから」

「おまえなぁ。そりゃあ俺(おれ)にだって、いろいろあるわけよ。妹には見せない顔っていうか――」

「あっ、そうだ。話かわるんだけどさ」

「ちょ、話振ったなら最後まで聞けよ」

「キクラゲってキノコの一種だって知ってた?」

「えっ!? うっそ!? マジで!?」

「マジ。うわー、大学生まで知らないままだったとか、引くわぁ」

「えー、マジか。子どものころ、クラスメートに言われて、ずっと信じてたわ……」

「お兄ちゃんって、昔からバカ正直だったよね」

そんなくだらない会話をしながら、家までの道をならんで歩く。

そういえば、小学生のころは、よく一緒に帰ったりもしてたな。わたしが小学校に入ったばかりのころは、兄が学校のことや勉強のことをいろいろ教えてくれたりして。

まぁ、ちょくちょく、ウソもまじってたけど。

でも、あのころ、兄はわたしの知らない世界のことをなんでも知っている、もっとも身近なヒーローだった。ほんの数歩先を歩いている兄の背中に、まちがいなく、わたしはあこがれていた。

きょうだいって、不思議なものだ。同じ両親のもとに生まれて、同じ屋根の下で育って、おたがいのことをこれでもかっていうくらい知っているはずなのに、近すぎて本当の顔はよく見えなかったりする。

わたしは兄のようにはなれないし——兄もわたしのようにはなれない。

でも、きっと、それで、いいんだろうな。

納得ともあきらめとも少しちがう、なんだか不思議な感情が、すとんと胸の奥に落ちたとき、不意にポケットの中で、スマホが振動した。画面にうかんでいるのは、新しい友だちの名前。

Ｆｒｏｍ：向井玲奈
件名：やっほー！
本文：さっき、校門で会ったクラスの子たちと話が盛り上がって、これから駅前のファミレスでお茶しようって流れになってるんだけど、小雪ちゃんも来ない？
　みんな待ってるよ！

今までだったらつっぱねていたはずのさそいに、自然と胸がときめいた。

わたしはくすりと笑って足を止める。

「ごめん、お兄ちゃん。わたし、友だちとファミレスでお茶して帰る。あんまり遅くはならないから、お母さんに言っといて」

わざとそっけないくらいの口調でそう言うと、兄は少しだけおどろいた顔をした。

でも、すぐにいつものように白い歯を見せて、にっと笑った。

「おぅ。青春だな」

そんな言葉に大きくうなずいて、わたしは軽やかな足どりで、兄と反対方向にかけだした。

解説

東京学芸大学教育学部准教授　松尾直博

◎家族の「ものさし」が絶対じゃない

家族は大事だけれど、家族の「ものさし」（価値観）が絶対ではありません。家族以外の価値観に触れてみましょう。家の外に理解者を得ることができれば、自分の世界は広がっていきます。小雪はいい出会いに恵まれました。玲奈や高校のクラスメートによって、小雪は別の価値観と自分のよさを発見していきます。そして、勇気をもってみんなの中へ踏み出すことができました。

◎わたしはわたしの人生の主人公

あなたはあなたの人生の主人公です。きょうだいの物語の脇役ではありません。あなたは小さな事件、小さな幸せ、小さな感動のある日々を生きていると思います。そんなあなたの人生は、世界でたった一つの人生です。

明るく、悩みのなさそうな玲奈も、実は妹のことで苦しんでいました。「あたし、もう妹に嫉妬するの、やめたの。〈略〉家族なんて、世界一ちっちゃいコミュニティにとらわれて、あたしの人生、楽しみそこねるなんて。だって、どうせあたしは、あたしの人生しか生きられないんだから」。玲奈が悩んだ末に行き着いた答えは、小雪にも大きな影響をあたえたことでしょう。Live your own life! あなたの人生を生きてください。

◎等身大の自分らしさ

きょうだいと同じように生きていくことにこだわることも、きょうだいとはちがうように生きていくことにこだわることも、どちらも苦しいことです。きょうだいと似ているところがあったり、同じであったり、似ていなかったり、同じでなかったりしても構わないのです。「わたしは兄のようにはなれないし――兄もわたしのようにはなれない。でも、きっと、それで、いいんだろうな。納得ともあきらめとも少しちがう、なんだか不思議な感情が、すとんと胸の奥に落ちた……」

小雪は何かを手に入れたようですね。

あとがき

NHK「オトナヘノベル」番組制作統括　小野洋子

番組に寄せられるお悩みナンバー1が、親のこと。中でも、「進路を親が決める」「親の言うとおりにしないと怒られる」「わたしはお母さんのペットじゃない」など、親に支配されてつらいといった声が目立ちます。

でも、家の中のことって、友だちにも相談しにくいものです。ひとりで問題を抱えこんでいませんか?　もし、つらくてどうしようもなかったり、反抗もできずストレスの塊みたいになっていたりしても、どうか自分のことばかり責めないでください。「親の期待にこたえられない自分が悪いと感じる」「親を喜ばせるためにすごく無理をしてしまう」という声が少なくないんです。

この本の主人公たちは、最後にそれぞれ「自分らしくあるために」と行動をおこします。自分の意思をはっきり親に伝える、親のためではなく、自分の好きなことをやってみる、などさまざまです。

自分自身を見つめることが、親との関係を見直すきっかけになるかもしれません。

この本の物語は体験談をもとに作成したフィクションです。登場する人物名、団体名、商品名などは架空のものです。

〈放送タイトル・番組制作スタッフ〉

「家庭教師コウの事件簿Ⅰ　彼氏がマザコン!?」（2015年10月1日放送）
「家庭教師コウの事件簿Ⅱ　親の敷いたレール」（2015年10月8日放送）
「きょうだいコンプレックス　どうすれば？」（2016年5月5日放送）

プロデューサー……渡邉貴弘（東京ビデオセンター）
伊藤博克（トラストクリエイション）
ディレクター………佐藤成幸、増田紗也子（東京ビデオセンター）
増田晋也（トラストクリエイション）
制作統括……………小野洋子、錦織直人

小説編集……………小杉早苗、青木智子

編集協力　ワン・ステップ
デザイン　グラフィオ

NHKオトナヘノベル　家族コンプレックス

初版発行　2017年2月
第4刷発行　2018年7月

編　者　NHK「オトナヘノベル」制作班
著　者　長江優子、みうらかれん
装　画　げみ

発行所　株式会社 金の星社
〒111-0056　東京都台東区小島1-4-3
電話　03-3861-1861（代表）
FAX　03-3861-1507
振替　00100-0-64678
ホームページ　http://www.kinnohoshi.co.jp

印　刷　株式会社 廣済堂
製　本　牧製本印刷 株式会社

NDC913　208p.　19.4cm　ISBN978-4-323-06213-6

Published by KIN-NO-HOSHI SHA, Tokyo, Japan.

乱丁落丁本は、ご面倒ですが、小社販売部宛にご送付下さい。
送料小社負担にてお取替えいたします。